Gaea

GAEA

After Sun Goes Down

日落後

長篇 02

星子──著
BARZ──插畫

日落後 —長篇— 02

目錄

01 送手指的女孩

「什麼？他五十歲了！」

張意有些驚訝，將幾根薯條放入口中。

他一個人坐在速食店角落，與不知躲在他身上哪兒的摩魔火閒聊。

今早，他特地挑了家賓館，洗了個熱水澡，換上新衣，才來到這間速食店，準備迎接伊恩說的那個日本女孩——

長門櫻。

伊恩儘管形跡奇怪，但似乎十分富有，破爛的皮夾裡竟有數張額度超乎張意想像的頂級信用卡，而他交給張意用以提領現金、添購日用品的提款卡，裡頭竟也有八位數新台幣。

這讓張意感到當伊恩小弟、幫他做事，前途好像比當孟伯小弟更好一點，儘管風險增加許多，但卻也是沒有辦法中的辦法。

張意這才稍微真正地將伊恩視為自己的大哥。

「是啊。」摩魔火的聲音從張意耳際發出。「五十好幾啦。」

「我還以為他不到四十歲。」張意說。

「以前他可是靈能者協會除魔師裡的第一把交椅，年紀輕輕就超越一批老前輩，他是天才中的天才。」摩魔火這麼說。

「靈能者協會？」張意說：「就是伊恩老大說的……那個白色組織。」

「是啊。」摩魔火說：「老大的父親和母親都是協會成員，他父親是英國人，母親是東方人。他從小就沒有國籍，跟著父親前往各國支援處理當地最難纏的惡靈，或是邪惡法師作亂事件。後來他父親在一次除魔任務中受了重傷，回到協會的英國總部擔任文職，不再上前線執行戰鬥任務，而他則被派往母親身邊，在東方各國出任務。」

「後來，老大的母親死在四指成員設下的陷阱中，那時老大已經是協會裡少數幾個最頂尖的除魔師之一，有一張最高層級的除魔師執照，他爲了替母親報仇，好幾次違背協會總部的命令擅自行動，不時和身爲協會顧問的父親起爭執……」摩魔火繼續說：「儘管協會對老大的不斷抗命感到頭疼，但老大一個人四處闖蕩也沒惹下什麼大禍，還消滅了許多四指據點，結交更多朋友。漸漸地，協會不再干涉他，任由他自己發展。往後的許多年，老大都是一個人流浪。他說這個世界上，沒有他沒去過的地方。」

「後來呢？」張意點點頭，這才曉得伊恩比他想像中的更加傳奇。

「後來……」摩魔火有些猶豫。「後來當然又發生了許多事。那時四指內鬥嚴重，舊頭目垮台，新頭目剛繼位，爲了樹立威信，對靈能者協會發動了一場恐怖大戰，使用了許多超乎雙方默契外的手段，有一部分也算是對老大瘋狂追殺四指成員的報復……總之，唉，從那之後，有許多事都改變了……算了，老大不喜歡人家提這件事。」

「而且老大交代過，以師弟你的智商，一下子沒辦法消化太多東西，他要我循序漸進地跟你說明這些事情。」摩魔火說：「免得你聽不懂。」

「……」張意攤了攤手，也不置可否，他對這些鬼東西本來就沒有太大興趣。

「不過，你得做好心理準備。」摩魔火突然說：「老大似乎對你期望很高。」

「什麼？我？」張意不解地說：「對我期望高？我什麼也不會，幫他打打雜倒還可以。他要我像他一樣，跟那些怪胎打打殺殺？」

「沒辦法呀。」摩魔火嘆了口氣。「你天生擁有抵抗結界的體質。」

「抵抗結界的體質？那是什麼？」

「我也不知道那是什麼。」摩魔火解釋：「你不清楚你的身體，這很正常，那是因爲你從未接觸過我們的世界；但連老大也搞不清楚你的身體，這就很奇怪了，天底下沒有老大弄不懂的法術。現在協會裡許多正規的除魔法術，都是老大開發出來的，他教過的協會學生成千上萬，殺過的四指異能者也成千上萬，但從未見過像你這樣視結界法術如無物的人。」

「說得好像我是天才一樣。」張意乾笑兩聲：「我除了跑步算快之外，這輩子打架沒贏過，我只會把煙跟水塞進瓶子裡。」

「現在你能塞進多少水了？」

「大約兩瓶半吧。」張意想了想，伊恩起初開給他的功課，是在一只玻璃瓶裡吐入三十口煙，但他可不是老菸槍，短時間吸多了也難受，於是伊恩便要他在一只瓶子裡注滿三瓶水。

這幾天，張意在那結界小地洞房間裡準備了練習道具——幾只空瓶、一盆水和一只裝盛醬料的尖嘴軟瓶。

他的練習方法，就是左手持著玻璃空瓶，右手持著裝滿水的尖嘴軟瓶，一邊禱唸著伊恩傳授的結界咒語，一面將尖嘴軟瓶裡的水擠入玻璃瓶中。

「這到底能幹嘛？」張意不解這種練習方法。

「這是老大研發的結界法術練習功課。」摩魔火說：「它能讓你用雙手感受對結界的掌握。」

「掌握之後能夠幹嘛？」

「掌握之後，你就能夠更快地學會各式各樣的結界法術了。」摩魔火說：「你才花幾天，就能在一個瓶子裡裝入兩瓶半的水，這已經相當不容易了，你知道當年伊恩老大可是足足練習了一個月，才裝入三瓶水嗎？」

「我覺得在牆上蓋一個房間厲害多了。」張意扠手幻想。「學會這招，以後就不用繳房租了……」

「造房間不難呀。」摩魔火說：「但那是不同的法術系統，等你更熟練結界法術之後，別說是造個房間，造間五星級酒店都不成問題。不過這都不是重點，重點是，你能輕易逃出黑夢。」

「嗯……」張意點點頭，知道摩魔火是指他與伊恩相遇那晚，他被邵君帶入黑夢核心地帶，途中殺出伊恩；他趁著伊恩與邵君戰鬥時，逃至小巷盡頭推開鐵門，逃出黑夢。

他絲毫不覺得這有什麼了不起，他記得自己只不過是抓著鐵門欄杆亂搖一陣，門就開了，但據伊恩的說法，許多練習異術多年的高手，一旦受困於黑夢，就絕難脫出，即使是被稱作天才中的天才的伊恩，若無張意開門，也難以逃出黑夢。

「黑夢是史上最強大的結界。」摩魔火說：「在此之前，世上從未出現過這種結界，它破壞了整個世界的平衡。許多年前，曾經有傳聞說四指計畫打造一個強大的結界，但一直未曾眞正實行，其中一個原因，就是四指擔心會遭到協會毀滅性的打擊——師弟，你自己也是道上人物，你應該知道黑道的處世目的就是謀利，黑道有槍、有人，但除非必要，不會隨意向白道發動全面戰爭——那沒有意義。四指就像是黑道，由一群異能人士組成，獲利才是它最大的目標，戰鬥只是爭權奪利的手段，而不是目的。」

「但是黑夢還是出現啦……」張意說。

「因爲出現了一群瘋子。」摩魔火解釋：「就是黑摩組。那些傢伙做事沒有邏輯，他們本來是四指的一個小分支，但這幾年幹下許多大事，每次都超乎黑白兩道的想像。半年前，他們劫走四指的總頭目，所有人都不敢相信；半年後，他們打造出了黑夢。」

「劫走四指的總頭目？」張意有些驚訝。他聽伊恩說，黑摩組不過是四指全球成千上百個小堂口裡的一個外圍小組織。

而現在，這個小堂口竟然綁架了整個幫會的總頭目，其野心、瘋狂程度不言而喻。

「兩個月前，伊恩老大得知已消失一段時間的黑摩組現身台北，還襲擊了靈能者協會台北分部大樓，便帶著一群夥伴趕來獵殺安迪，結果……」摩魔火懊惱地說：「我們太輕敵了，以爲找到了黑夢的漏洞，大膽闖進去，到了裡面才發現，黑夢的力量遠遠超乎我們想像；我們進入的那個『漏洞』，根本像是捕獸夾，是他們刻意設下的陷阱。在黑夢裡，他們能夠自由控制人的神智，許多不擅長結界法術的夥伴，在第一時間就瘋了，連黑摩組派來的嘍囉都打不過，甚至連打都沒得打……就連伊恩老大，也被那些傢伙追殺得狼狽不堪。我們在裡頭，像是地鼠一樣地躲藏了很長一段時間，老大還捱了鬼噬——就是那根怪釘子，直到碰見師弟你……」

「你說黑摩組劫走他自己那黑組織裡的老大，然後又在城市裡發動黑夢，等於是對白組織宣戰，然後，伊恩老大算是灰組織，他也跟黑摩組幹上……」張意說：「一個黑道小堂口，同時跟大黑道，還有所有警察全面開戰，這種事我從來沒聽說過。」

「別說你沒聽說過，我們也沒聽說過。」摩魔火說：「偏偏黑摩組就是瘋成這樣，他們不停地幹出我們想像不到的事情。現在四指的各國殺手，跟靈能者協會的除魔師隊伍，應該都已經陸續來到台灣了吧，我們的夥伴也漸漸趕來了，再過不久就會展開行動。」

「黑摩組同時被黑白兩道圍勦，這樣……事情很快就能解決了吧。」張意試探地問，心想就算伊恩出手大方，他也得有命花才行，事件盡快落幕，對他來說是最好的結果。

「難講。」摩魔火說：「以前有好幾次我們都不信黑摩組能成功，但他們都成功了，這次他們發動黑夢，肯定有十足的把握，我們不能輕舉妄動。伊恩老大認為黑夢必定還有我們不了解的地方，我們得摸清它的一切，才能決定下一步。而你能自由進出黑夢，就是最重要的關鍵；如果你落在黑摩組手裡，後果不堪設想，你現在是我們的希望。」

「……」張意早已知道伊恩對自己照顧有加，自然有所圖謀，但要靠他擊敗黑摩組和黑夢，似乎又太過看重他了；但此時此刻，他也無法反抗這樣的安排，無奈地說：「蜘蛛師兄啊，我老實跟你說，我爛命一條，怕痛又怕死，我曾經拋下我的親大哥，自己躲起來，讓親大哥被仇家活活打死……我無時無刻不後悔，但後悔又怎樣？如果時間重來，我可能還是會害怕得逃跑，然後每個晚上都躲在被子裡哭……我就是這麼爛的一個人，你們確定要將希望寄託在我這種爛人身上嗎？」

「師弟，希望不能只是『寄託』，得用實際的行動去接近它、去完成它，我們可不只是寄託你，我們是在『使用你』，你是我們計畫裡的一塊拼圖，你得配合我們的一切指示行動。我會一直在你身上盯著你，你千萬別想逃跑，一定得乖乖地服從我們。老大沒和你明說，是怕嚇著你，但我知道你是個爛人，我聞得出你骨子裡那窩囊、膽小的氣味，你一害怕可能會誤了大事。」摩魔火緩緩在張意腦袋上爬動，一字一句地說：「你只要記住一件事，如果你不聽話，我只好不顧師兄弟情分，我會比阿君更可怕，我會咬你的肉、吸你的血，用我的火焰法術讓你求生不得、求死不能。我在我們組織裡，是負責刑求的。」

摩魔火這麼說的時候，似乎讓身子稍稍變大，用他那艷紅毛足，在張意頸子上輕輕撩撥，讓張意感到一陣麻癢。

「……」張意莫可奈何。據伊恩說，伊恩所屬的灰組織，是從白組織分裂而出，專門獵殺四指成員，其行事風格的激烈程度，比起四指可是有過之而無不及。他覺得自己就像是被恐怖分子綁架，用來對付另一批恐怖分子的可憐蟲。

「嚇到你了嗎？師弟。」摩魔火突然又說：「只要你乖乖聽話，我們會將你當成家人。伊恩老大讓你隻身來接長門小姐，可是他對你釋出最大的善意了。」

「長門小姐？就是替老大送新手指的女人？」張意問。

「對，她是老大最信任的人。」摩魔火說：「她是老大的女兒。」

「女兒！」張意瞪大眼睛。

「嚴格來說，應該算是養女……嗯，她來了。」摩魔火這麼說，且以毛足在張意耳朵上拍了拍。

「什麼！」張意呆了呆，趕忙往窗外望去，見到遠處對街一處街燈底下站了個女人，那是他們與長門約定相會的地點。

遠遠看去，她個頭嬌小得如同小學生，皮膚白得如同新積成的雪堆，一頭黑髮長及腰際，穿著一身流行服飾，手拉一只滾輪皮箱，肩揹一只長箱；除此之外，肩上還站著一隻白鳥。

張意連忙離開速食店，三步併作兩步地趕去對街。

他在急急奔往長門面前時，才想起自己完全不知道該如何向長門表明來意。長門聽不見聲音，也不會說話，她仰頭望著張意的頭頂，微微笑地向張意點了點頭。

「呃……」張意感覺到自己腦袋上的微微沉重感，又見到長門的目光，知道摩魔火現身了。摩魔火是伊恩的隨身侍從，長門是伊恩的養女，她一見到摩魔火，自然知道張意

便是來接應她的人。

「我……我要說什麼？不，我要怎麼跟她溝通？」張意問著攀在他腦袋上的摩魔火。

「你可以對我說話。」佇在長門肩上的那隻白鳥說話了。「我叫神官，我會說三十六種語言，我能將你的話翻譯給長門小姐聽。」

「什麼！」張意呆了呆，只見那叫作神官的白鳥，體型和鴿子差不多，通體雪白，連喙也是白的，只在雙頰至腦後處生著一對紅色肉瓣。

「神官是九官鳥，是長門小姐的寵物兼耳和口。」摩魔火補充：「當然，他終究是鳥，智能比不上人，語意有時會不夠精準，但大致上的意思不會錯。只是你話得講明白點，他聽不出反諷之類的意思，只會照字面翻譯。」

「九官鳥？」張意攤了攤手。「我以爲九官鳥是黑色的。」

「比起會說話的蜘蛛，白色的九官鳥還會令你驚訝嗎？」摩魔火哼哼地說。

「這也是……」張意想想有理，便搓了搓手，望著長門的眼睛，又望望神官，說：「伊恩老大要我來接妳，我們走吧，我帶妳去找他。」

張意說完，盯著神官，想瞧瞧他究竟怎麼將自己的話「翻譯」給一個聾人聽。

只見神官張開一翅，他那翅上繫著一條銀色白線，白線一端連著一顆銀色小球。他踩著那小球，將翅張得更開，拉直銀線，然後用喙撥動銀線。

「長門小姐能夠感受到那線發出的震波。」摩魔火說明：「對她來說，那種震動就是聲音。」

「那她怎麼回答……」張意才想開口問，便見到長門微微舉起手，她左手中指上戴著一枚銀戒，那銀戒鑄工極巧，長方寬厚的戒面上圍著一排細鑽，兩端各有三支短角，繫著三條長短略不一致的銀弦，銀弦下方鑲著一塊青藍色寶石。

她以指甲撥弄戒上銀線，便能夠彈出對於人耳來說極其微小，但神官卻能聽得一清二楚的弦音。

當她要快速對話時，便會將銀戒推至中指第二指節，且將戒面轉至拇指那側，便能以單手快速撥弦讓神官翻譯。

「長門小姐說：『請多指教，麻煩你了，請你立刻帶我去找父親吧，他要的東西我準備好了。』」神官立時翻譯。

「喔，好……」張意點點頭，指了個方向，準備帶路，見她嬌小的身子拉著個碩大皮箱，肩上又揹著一個長箱，便伸手去接她的行李。「我替妳拿吧……」

張意的手尚未觸到行李，只感到眼前銀光一閃，長門已將行李拉至身後，同時另一隻手上多了個小工具；那小東西模樣古怪、通體銀亮，一端是握柄，另一端則寬扁銳利，像是刀刃、又似鏟子。此時銳利的刃面正停在張意鼻端前，嚇得張意大步一退，竟跌坐在地上。

長門像是沒料到自己這舉動會將張意嚇成這樣，連忙收去那古怪小鏟，向張意鞠了個九十度的躬，跟著指指肩上的神官，再指指自己的嘴巴，又撥了撥戒上銀弦。

「長門小姐要我轉告你。」神官開口：「你無論想對她做什麼，都得先跟我說，再由我轉告她，她才能給予你適當的反應。」

「師弟，你這小子，你別看伊恩老大的女兒漂亮就想吃人家豆腐。」摩魔火冷冷地說：「她沒削去你的鼻子，完全是看在老大的份上。」

「誰說我要吃她豆腐。」張意連忙站起，拍拍屁股和褲管，說：「我是要替她拿行李。」

「你當她是誰？」摩魔火說：「她是伊恩老大最得意的門生，是我們組織裡最強的少數幾人之一，你覺得她提不動那箱東西？」

「這不是提不提得動的問題……」張意無奈地攤了攤手，說：「你們的規矩我會慢慢學，如果你先提醒我，我可能會學快點。」

「師弟呀。」摩魔火笑著說：「在生命受到威脅時學到的事情，是不會忘記的。」

張意不敢再大意，吁了口氣，先是按照伊恩的吩咐，又補充了點生活用品和伊恩「煉手」所需的藥材，才帶著長門回到華西夜市巷弄裡的結界出租房。

□

白天時，華西夜市周遭巷弄空蕩冷清。

那熱鬧喧囂的夜市止戰區結界，只在入夜後才出現。白天時，止戰區結界裡那一間間店面空間或是鬟野那地下出租房，都成了一個個零星而獨立的小結界，彼此並不相連。

此時儘管晴陽高照，但四周瀰漫著一股詭譎的氣息。

幾家店家鐵門半敞，老闆或蹲或站地佇在門外，有個小吃店老闆跪在地上，持著菜刀對著空氣切切剁剁；有個按摩店老闆佇在店裡，呆滯地對著空氣搥背按摩——這都是黑夢力量影響所致。

據伊恩說，黑夢大致分成「淺層地帶」、「深層地帶」與「核心地帶」三種範圍。淺層地帶的範圍廣闊，影響細微，一般人乃至於修行不夠的異能者，幾乎難以察覺自己身處結界，但他們的精力魄質，會不知不覺地被黑夢吸收，傳送至核心地帶。

黑夢藉由吸取結界範圍內的生靈精魄，一步步壯大結界範圍——結界範圍越大，吸取的能量便越強，吸取的能量越強，範圍也更加擴大……

而身處黑夢深層地帶中的人與動物，心智行爲會受到黑夢的影響而出現異變，但他們不會察覺自己和他人的行爲不同於以往。

張意租的那戶破爛雅房公寓，便處於深層地帶裡，他因體質特異，所以能察覺到鄰居近來異變、察覺到那燒臘店裡的恐怖三寶飯。而黑摩組成員則藉由深層地帶的影響，進一步發掘各種具有特異體質的人，將之納爲己方陣營、逐步壯大陣容。

至於核心地帶，便是張意被邵君帶入的那古怪建築群，他在裡頭遇上伊恩，然後逃了出來。

在核心地帶中，黑摩組的成員幾乎能夠呼風喚雨、操縱結界內的一切，如同神魔一般，大部分的異能者在核心地帶裡與黑摩組成員戰鬥，都只有死路一條。

「夜天使隊全軍覆沒？」神官提出了長門的問題。

「如果沒有意外，老大帶進去的……」摩魔火回答：「應該無一倖免，而這已是最好的情況了……」

「不好的情況是什麼？」張意插嘴，他知道伊恩所屬的灰色組織「晝之光」裡有這麼一支精銳部隊，是晝之光最強大的戰鬥隊伍，成員來自世界各地，共三十餘人。這次，伊恩召集了夜天使隊的九成隊員，一舉攻入黑夢核心地帶，卻遭到毀滅性打擊，除了伊恩外，其餘成員全軍覆沒。

「不好的情況，是被擄獲……」摩魔火沒好氣地回答：「我們是獵殺四指的組織，若落在四指手裡，還會好過嗎？我們的成員大都備有緊急時刻自盡的法術，就是爲了避免遭受酷刑，甚至是被奪取心智，反被煉成凶魔，與自己人互相殘殺……師弟，以後我也會教你一套這樣的機制，你可以稍微想想自己適合什麼死法，免得有朝一日落在四指手裡，生不如死。」

「……」張意倒吸了一口冷氣，覺得雙腿有些痠軟。他雖然不排斥身處在這類遊走於法律邊緣，甚至違法的世界裡，畢竟他以往就一直活在這種環境裡，但他可也從未做好以命相拚，甚至激烈到得自盡以避免酷刑的程度，對他而言，這就像是電影裡才會出現的場景。

「長門小姐問——」神官又說：「伊恩老大不帶她去，是不是因爲她是老大的女兒。」

長門也是夜天使成員之一。

「……」摩魔火靜默半晌，說：「待會兒讓長門小姐自己問老大吧，就在前面了。」

他們轉入地鼠怪鬚野那出租房結界的巷弄裡。

張意來到結界入口前，伸手在牆上輕按，按開了一道破門。

地鼠怪鬚野這地下出租房，只有在入夜時，「門」才會打開，與整個夜市止戰區結界相互連結。一般小妖小魔小野鬼，或是修煉不夠的異能者，一旦進入這地下出租房，若無鬚野「開門」，便只能在夜間進出；只有像伊恩這類功力深厚的異能者，或是張意這種天賦異秉的結界天才，才能不分晝夜地自由進出鬚野租屋房。

而鬚野也只有在入夜後，才會來到長道盡頭的小桌前處理租屋事宜，白天便窩在其中一間較大的房間裡呼呼大睡。

張意領著長門穿過長道，來到出租小室，在門上短敲四下、長敲兩下，再短敲五下後，才輕輕開門。

伊恩坐在他那結界套房的門欄處，虛弱地朝著步入房中的長門笑了笑。

長門見到伊恩的狼狽模樣，先是一呆，跟著急忙奔到伊恩身邊，瞪大眼睛望著豎在他肩頭上的那枚長釘「鬼噬」。

插在伊恩肩上的邵君斷指，此時又變得乾枯焦細。上一根斷指供鬼噬吃食了兩、三天，第二根斷指只一天半便被長釘裡的惡鬼們食盡。

長門連忙揭開行李，取出一個素色袋子遞給伊恩。

伊恩和張意見那袋子竟和一袋鹽酥雞差不多大，不禁訝然。伊恩交代長門帶十根手指，且判斷長門會自行增加到二十根，但倘若那袋東西裡裝的真是手指，肯定要超過四十根了。

「哇——」伊恩訝異地接過袋子，朝裡頭望了望，不禁驚呼一聲，將袋子一翻，把裡頭的手指撒在他身後套房那光潔的地板上，一面數一面問：「妳哪兒找來這麼多手指？」

長門聽神官翻譯，微笑著撥了撥銀戒短弦，神官立時轉述：「長門小姐說，她下飛機後，也不知道爲什麼會碰上這麼多四指的人，她見一個就殺一個，不知不覺就蒐集到了這麼多手指。」

「什麼……」伊恩苦笑地搖搖頭，說：「我忘了跟妳講，這些四指的人是專程來打安迪的……妳殺了他們四十九人，反而幫安迪省下不少麻煩……」

「……」張意嚥了口口水，儘管他知道這日落圈子裡的傢伙們習慣打打殺殺，卻也無法想像眼前這嬌小可愛得如同少女偶像團體成員的長門，一口氣殺死近五十人，且切下他們手指的模樣。

「長門小姐說她已經相當節制了。」神官翻譯著：「她只想盡快見著父親您，如果將每一個碰上的四指成員都殺了，可能還要再花上好幾天的時間。」

「嗯，妳乖。」伊恩從那指堆中挑出三根手指，見切口整齊，且以符術藥劑封住斷口，看上去就像剛切下般新鮮。他吁了口氣，將肩頭上摩魔火那些銀絲扯開，拔出邵君斷指、埋入新指，讓肩頭上鬼噬長釘裡的那些惡鬼又有新餌可食，才露出鬆了口氣的模樣。

02 機動據點

不起眼的街邊，停著一輛不起眼的廂型車。

廂型車後車門微微敞著，車廂裡頭翠綠一片，是密密麻麻的黃金葛藤葉。

車廂左側有一條長椅，底下塞著大堆行李，長椅上方的置物架，則吊著幾捆睡袋和棉被，架上堆滿生活日用品。

另一側，則改裝成簡易的置物收納空間。一處小小的工作桌面上，堆疊著電腦主機、幾面液晶螢幕和通訊設備，角落擺著小型發電機；大部分的收納空間裡，則存放著一疊疊符籙、一罐罐藥材，甚至是詭異的法器。

而遮在黃金葛綠葉底下的車廂壁面上，只要是面積略大點的地方，都畫上了神祕符籙圖紋，車窗窗簾內側，也貼著各種符籙。

靠近後車門的置物架上，擺著一個大鳥巢，巢裡的英武正呼呼大睡；近門處的椅下則有個小盆，整車黃金葛藤蔓都自這小盆中長出，旁邊還堆著幾罐化學肥料。

化學肥料的養分自然比不上英武的糞便，但這廂型車是青蘋、盧奕翰和夜路這些天的窩身棲所，自然不可能讓英武以糞便養神草。英武若想如廁，青蘋便會揭開窗子，讓他飛去遠處，拉個乾淨才讓他返回車內。

青蘋坐在長椅上盯著液晶螢幕，不時低頭猛作筆記。

夜路則捧著一部筆記型電腦，窩在長椅旁地板上的一處棉被堆裡，敲著鍵盤，偶爾抬頭瞧瞧工作桌上的那個大螢幕。

盧奕翰窩在駕駛座上，盯著方向盤旁的小螢幕，手中捏著一個大漢堡，在他身旁的副駕駛座上，還堆著數大袋漢堡、炸雞和薯條。

不論是駕駛座上的小螢幕，還是後方工作桌上的大螢幕，都播放著同樣的畫面——同樣是車廂內部，但比廂型車寬闊得多，是大貨櫃車內部。

畫面正對著一面大白板，上面貼著一張台北地圖，旁邊貼滿一張張人像照片和畫像，註記著那些人的姓名和基本資料。

白板旁擺著幾張帆布摺疊椅子、坐著幾個人，當中有個戴眼鏡的禿頭老伯，穿著泛黃格子襯衫和褲角沾滿乾涸污泥的西裝褲，西裝褲的褲管胡亂捲著，腳下是雙藍白拖鞋。

老伯抓著一瓶綠茶，低頭看著手中的資料。

若不是夜路提醒，青蘋絕對看不出這看起來像是個年老失業、想靠簽賭翻身的狼狽老頭，其實是靈能者協會台北分部的最高主管——秦老。

秦老平時可是意氣風發地坐在那數十層高的帷幕大樓中的一處寬闊辦公室裡，統御協會台北分部的數百名成員、管理台灣各地的異能者和妖魔野鬼們。

但數週前的某個深夜，那棟高聳的玻璃帷幕大樓遭到黑夢吞噬。

又是黑摩組。

黑摩組仗著黑夢結界的強勢力量，僅以寥寥數人，便將帷幕大樓裡的數百名協會成員殺得潰不成軍。

此時坐在秦老身旁，穿著運動服、白白胖胖的中年男人，叫何孟超，是台北分部四大主管之一，他正抓著一個魔術方塊，飛快地轉動著。

何孟超是結界法術的高手，在黑摩組發動突襲的那晚，全靠著他的指揮，部分協會成員才得以逃出已化爲煉獄般的帷幕大樓，沒讓黑摩組屠殺殆盡。

秦老與何孟超，帶領著殘存的組員們逃出被黑夢吞噬的分部大樓，一面向協會海外部門求援，一面重整陣容，指揮眾人調查黑夢眞相；大夥兒化整爲零，以各種車輛作爲機動據點，在車內設下防禦結界，抵禦那會影響眾人心智的黑夢結界。

這數週來，這殘存的近百名協會成員，便以這些機動據點四處偵查、彙整情報、跟監某些黑摩組成員，不時進行視訊會議交換情報，一步步摸清這黑夢結界的前因始末。

「半個小時前，海關那邊有新消息，又有一批四指殺手抵達台北……他們有二十人，各國籍人種都有，出發地是俄羅斯。」一個女人聲音報告著最新情報。

「連俄羅斯四指也出動了……」秦老推了推眼鏡。「看來安迪綁架大魔頭的消息是眞的。」

四指組織架構不像靈能者協會那般制式而嚴謹，更像是各地的幫會堂口，平時彼此不但不會互助，甚至互相爭搶地盤、廝殺戰鬥。各地的四指組織除了入會時會舉行相同的入會儀式之外，行事作風差異甚大，平時僅聽命於各自所屬的頭目，偶爾才會收到總會命令，執行某些任務。

黑摩組綁架四指總頭目這件事，大約在三週前傳揚開來，本來秦老、何孟超等都不相信黑摩組竟敢幹出這種瘋狂行徑，但隨著世界各地的四指殺手紛紛往台灣聚集，且並未隨意作亂，而是謹愼地入住台北各大旅館，團團包圍整個西門町，秦老與何孟超才開始認眞看待這傳聞。

「我們已經掌握到一部分的四指成員名單，隨時都能和他們聯繫。」協會成員們輪流報告最新的情勢發展和工作進度。

「倫敦那邊答覆了沒？」何孟超問。

「他們說還要繼續討論。」一名組員報告。

「媽的。」何孟超重重搥了白板一拳。

「什麼意思？」青蘋望著液晶螢幕裡何孟超的怒容，問著身旁的夜路。

「秦老想跟四指合作，暫時放下之前的紛爭，共同阻止黑夢擴散，一口氣解決黑摩組，但是倫敦總部那些成天只會喝紅茶、高談闊論的保守老頭子們，不能接受這個提議，他們這輩子都沒想過要和四指合作。」

「雙方合作，是目前勝算最高的一個方法。四指派出各地的頂尖殺手追殺安迪，但那些傢伙沒有和黑夢作戰的經驗，根本不知道黑夢是怎麼一回事。如果讓他們各自攻打黑夢，很可能像協會之前那樣，兵敗如山倒……」夜路盯著手中筆記型電腦的文書軟體，補充說：「協會吃過黑夢的虧、花了不少時間研究黑夢，我們的經驗加上四指的戰力，才足以擊敗黑摩組，不過目前情況看來不妙喲……倫敦那些老傢伙們的腦袋，頑固得和陳年宿便一樣。」

「這樣啊……」青蘋望著筆記本上密密麻麻的記事、望著那簡陋的手繪地圖，上頭一個最大的星號，一旁註明：萬古大樓。

萬古大樓是西門町一處老舊的商業大樓，根據何孟超的推斷，黑摩組安迪等人，應該是從此地發動黑夢，再向周圍市街擴散。由於黑夢擴張需要巨大的能量，除了緩慢吸取範圍內的人類魄質作爲催動黑夢的能量之外，黑摩組成員也四處劫掠各種擁有強大能量的珍奇異寶，他們突襲協會台北分部、四處綁架異能人士。

孫大海那間花店和幾枚能夠種出神草的種子，自然也成爲黑摩組眼中的肥羊。

孫大海失蹤後，青蘋被黑摩組的嘍囉俘擄，再被夜路和盧奕翰救出。青蘋爲了獲取更多有助於找到外公孫大海的情報，便自願擔任盧奕翰和夜路的助手，替他們整理髒亂不堪的廂型車，做些購買日用品之類的跑腿雜事，這些天相處熟了，也逐漸弄懂這日落世界裡的勢力糾葛，偶爾提供些自己的意見。

「有晝之光的消息嗎？」視訊會議裡，秦老放下手中資料，說：「上頭對四指有芥蒂，我們就跟晝之光合作；這次別往上報，反正協會跟晝之光一直有合作前例。」

晝之光是自靈能者協會分裂出來的激進組織，當中的成員從前大都是協會裡的第一線除魔師。

由於靈能者協會接受各國政府資助，管理全球異能者和各路妖靈鬼魔，猶如一個全球性的半官方機構，有嚴格的行事規範。相較之下，四指成員顧忌較少，行事往往更加不擇手段。

協會裡的部分除魔師，在前線與四指成員對抗戰鬥的過程中受盡苦楚磨難，逐漸厭倦協會內部的官僚作風和許多綁手綁腳的教條規範。

十多年前發生在倫敦的一場大戰之後，一部分的協會成員脫離協會，成立晝之光，不再受協會規範限制；他們將自己視作復仇的惡鬼，專門獵殺四指成員，用黑暗的手段痛擊黑暗。

以牙還牙、以血洗血。

這種行事方式，自然也違反協會對於異能者的管理規範。但比起四指，晝之光終究與協會系出同門，核心成員都是協會過去受人敬重的厲害角色，所以協會對於晝之光後來的許多行事，總也睜一隻眼閉一隻眼，甚至不排斥在某些重大事件裡與晝之光成員合作。

「晝之光的『夜天使隊』在幾週前就抵達台灣了。」何孟超搖搖頭說：「但之後沒有再收到任何消息。」

「如果連那些『鬼』都逮不著安迪……」秦老抓著他那禿頭，長長吁了口氣。「那四指這批聯軍，大概也要遭殃了……」秦老說到這裡，喝了口茶，喃喃地說：「安迪呀安迪，我們終究還是小看你囉，之前每當你又幹出令人吃驚的大事時，我們都想這傢伙只是運氣好罷了，下一次就要讓你吃癟，到頭來，吃癟的還是我們啊……」

「秦老，別說喪氣話。」何孟超大聲說：「幾週前，沒有人知道黑夢是什麼，晝之光太急了，沒弄清楚就攻進去，當然要吃虧。現在我們總算弄清楚黑夢的來龍去脈，知道黑夢的運作原理，這一次我們絕對可以反將安迪一軍。」

「反將他一軍？」秦老沒好氣地說：「目標別一口氣訂那麼大，先把受困的夥伴救出來吧。」

「所以……夜路，你們長官目前的計畫，就是打算趁四指殺手對黑摩組發動攻擊的時候，趁機救出受困在黑夢裡的夥伴？」青蘋咬著筆桿，翻著筆記。

「算是吧……」夜路抬起頭，望著青蘋說：「我還是得再重申一次，我不算協會成員，秦老呀、何孟超大哥呀，當然都不是我的長官。我只是將協會發出來的案子，轉手分配給各地異能者，讓他們幫忙處理一些危害社會的小案件，算是異能者的經紀人吧。例如那位奕翰老兄，就是我拉拔出來的。只是他後來加入協會，拿到除魔師執照，翅膀硬了，對我也沒大沒小起來，忘記我是他的前輩了。」

「講我這麼一大串。」盧奕翰咬下一口漢堡，回頭望著夜路。「怎麼沒提你自己的眞實身分。」

「他說過啦。」青蘋搭腔說：「他是寫小說的。」

「不不不，小說只能算是文學裡的一個子分類。」夜路搖搖頭。「我比較希望各位用『文學家』來稱呼我，畢竟小說只是我創作領域中的一個項目，光憑小說，並無法滿足我那高於天、闊於海的文學企圖呀——」

他說到這裡，放下筆電，站起身來，伸了個懶腰。「也因此，我偶爾必須維護一下世界和平，要是讓安迪那些瘋子把世界搞成鬼域，那我的作品怎能流傳給後代子孫呢？」

「夜路在黑摩組裡有個仇家，叫作阿君，是黑摩組的核心五人之一。」盧奕翰哼哼地替夜路補充：「他怕被阿君逮到，只好成天黏著我。而且他是有收錢的，一天八千，協會這陣子人力不足，雇用了一大群臨時員工。」

「什麼！」夜路大聲抗議。「你這傢伙別往自己臉上貼金，我有猛將鬆獅魔跟軍師有財，我會怕阿君？我爲了友情、爲了正義、爲了和平，冒著生命危險幫助你，你竟把我說成打工仔！」夜路說到這裡，轉頭看著青蘋，說：「妳說，他過不過分？」

「你們的相聲我都聽得好膩了……」青蘋翻了翻白眼。這幾天她待在車上，無時無刻都在聽夜路與盧奕翰鬥嘴，幾乎要將兩人祖宗八代的瑣事、糗事，甚至過往情史都聽完了。

盧奕翰的胃口極大，一餐總要吃下常人數倍的飯菜，聽他們說，這是因爲先前的某次靈異案件中，盧奕翰收伏了一隻餓死小鬼，且將那餓死小鬼封印在他肚子裡的關係。那餓死小鬼會令盧奕翰的胃袋像是無底洞一般，即使吃下再多東西，也會持續感到飢餓，且能夠將吃下去的東西轉化成「魄質」，供盧奕翰作爲戰鬥、施法時的能量。

在過往時期，盧奕翰會施展鎮魂法術，令那餓死小鬼沉沉睡著，免得成天餓肚子，但在此當下，隨時都可能與黑摩組成員發生惡戰，他也時常解開睡眠法術，透過那餓死小鬼的能力儲存體內魄質，讓自己保持旺盛的能量。

至於夜路，則是個出過許多本書，但一直沒有紅起來的小說家，他的體內住著一隻鬆獅犬魔和一隻老貓魔。

夜路所屬的出版社，與日落世界異能圈子也頗有淵源，那頭鬆獅魔，便是出版社派去催促他寫作進度的小幫手；但在某次事件裡，夜路和鬆獅魔一起被黑摩組綁架，黑摩組成員將鬆獅魔和老貓魔駱有財植入他體內，準備將他當作煉製妖邪武器的材料——

前兩天，青蘋聽他們你一言我一語地敘述這段經過時，發現他們的說法開始出現了分歧。夜路聲稱當時自己憑著機智、勇敢和決心，以及身為天選之人的絕佳運勢，展開絕地反攻，給予黑摩組那些強敵迎頭痛擊，順利逃出賊窟，前往支援遭遇突擊的協會夥伴；盧奕翰卻說夜路在老貓魔駱有財的幫助下，僥倖逃出黑摩組據點，一絲不掛、赤身裸體地騎著摩托車在大街上哭泣逃亡，被路人當作變態瘋子，還被數輛警車追趕，最後屁滾尿流地擠上當時另有任務在身的協會車輛，才逃過大劫。

然而，青蘋對這件事的眞相一點也不感興趣，她只希望盡快找到外公。

03 小小的手術

小小的牆上，有兩道門。

一道門通往伊恩那間漂亮的套房。

一道門通往長門的臥房。

兩扇門都開著。伊恩的房間透出深橙的燈光，長門的房間透出淡黃的燈光。

伊恩坐在鬍野出租小室正中央的那張小方桌旁，捲著袖子，盯著桌上的三個小盤，一盤擺著一捲毛巾、一盤擺著一柄手術刀。

正中央的那盤，則擺著一顆銀色小球。

是他的左眼。

「再不起床，就要火燒屁股啦。」摩魔火的叫聲鬼魅般地鑽入張意耳朵。

「哇！」張意一聲尖叫，自被窩中彈起，摀著屁股在棉被堆裡翻滾半晌——摩魔火用他那毛足在張意的屁股上刮了兩下，讓張意感到火灼般的疼痛。

「你這蜘蛛……師兄，你叫我起床用講的就好！」張意惱怒地抗議。

「師弟。」摩魔火說：「我講啦，但你聽不見，師兄我只好用燒的了。」

「……」張意打著哈欠抓著頭，見伊恩端坐在桌邊望著他，趕緊擠出笑臉。「老大，今天起這麼早？」

「不早囉。」伊恩將一只玻璃瓶端在手上，用手秤了秤，又拋了拋，問：「三瓶？四瓶？」

「嘿嘿！」張意見那玻璃瓶，突然興奮起來，躍出被窩，自角落裡提了一只礦泉水空桶子到伊恩身旁，挑了挑眉說：「我也不知道，不記得了，倒出來看看。」

「哦。」伊恩揭開玻璃瓶蓋，只見瓶中水位與瓶口完全一致，他伸指按水面，竟像是按在厚實的果凍上般按不進去，他又將瓶身傾倒，水則像是凍住般流不出來。

伊恩點點頭，將瓶口伸入礦泉水空桶，口中喃唸咒語，輕拂了拂瓶身。

玻璃瓶全無反應。

「哦？」伊恩露出訝異的神情，又望了望瓶口。

「老大，我來。」張意伸出那隻裹著紗布的右手在瓶身上摸了摸，唸了與伊恩相同的咒語。

嘩啦一聲，瓶口噴出水來，嘩啦啦地注入空桶。

「哦！」伊恩起初露出讚許的神情，但隨著礦泉水桶子的水位漸漲，那讚許轉變爲訝異和大喜。「小子，眞有你的！」

嘩啦啦啦，淅瀝瀝瀝，滴滴答答——

瓶中清水終於流盡，底下那個五公升的礦泉水桶幾乎被注滿。

「瓶子容量是六百毫升，一整桶水五公升，這樣……」張意說：「差不多八瓶，老大，我超前進度了，你答應的打賞……算不算數啊？」

「當然算數。」伊恩哈哈大笑。

三天前，當張意的進度始終停滯不前時，伊恩提出了獎勵辦法——只要張意能夠在他擬定的課程中持續進步，那麼他交給張意的那張八位數存款提款卡，便讓張意隨意使用，張意高興的話，每天轉兩萬九進自己的戶頭也行。

這個獎勵辦法讓張意對灌水入瓶這功課的熱情提升了數倍不止；他在孟伯手下擔任舞廳雜工，月薪差不多三萬出頭，在瓶子裡灌水，竟能賺這麼多錢，這讓胸無大志的他，一下子彷彿找到了人生目標，像個準備考試的學生般，每日一有閒暇，便在水桶前用功。

今日是長門與伊恩會合後的第四天，張意從本來能在玻璃瓶裡裝入兩瓶半的水，進步到了八瓶；根據伊恩本來的猜想，張意至少還得花上三週，才能突破七瓶。

而他頭臉和手上的那些傷，則是在裝水的過程中，因玻璃瓶身爆裂被碎片炸傷的。他在注水的同時，得施法強化瓶身，讓瓶身足以抵禦被結界法術壓縮到極限的水量；而在讓水流出瓶口時，也必須掌握結界壁強度，控制水流速度和擴張力量，否則玻璃瓶同樣會瞬間炸開——

而比起清水容量，更讓伊恩驚訝的是，張意竟然能夠施下連伊恩也難以輕易解開的結界咒術，這意味著張意施下的結界封印，穩定且安全，不會輕易遭到他人破壞。

「老大，可以教我蓋房間了嗎？」張意問：「我也想像你們一樣，住在人住的房間裡。」

「你進步得比我想像中更快。」伊恩哈哈大笑，將空瓶拋還給張意，望了望張意臉上、雙手上的紗布。「等你學會裝火，我就教你蓋房間。」

「裝火？」張意抱著瓶子，訝異地說。

「是啊。」伊恩笑了笑說：「學會裝火，這小把戲才有用處，裝水能幹嘛？」

「等你學會裝火。」摩魔火在旁補充：「這瓶子就可以當成槍砲來用了，你難道不想炸一下阿君嗎？」

「這招可以當大砲用？」張意感到些許驚喜，和更多的驚懼。他本以爲替瓶子裝水，只是伊恩用來訓練他結界能力的方式，可沒想到這還能夠作爲武器使用，但這也意味著他開始被伊恩視爲團隊戰鬥成員的一分子了，他必須與被眾人形容得窮凶極惡的黑摩組作戰了。

此時此刻，他腦袋裡浮現的畫面，可不是自己威風凜凜地施展法術、大戰邪惡異能者的模樣，而是他躲入一輛車裡或是小房間裡，死命拉著門的樣子。

他也覺得自己的「擋門」能力肯定比以前更加厲害了，只要他擋著門，不論外頭的壞蛋再凶再惡，也進不來。一想至此，他竟有些得意，但是當他見到長門捧著一個小鍋步出房間時，卻不由得低下頭，像是在爲自己的貪生怕死感到羞愧。

長門將那散發著奇異藥材氣味的小鍋放在桌上，以正坐跪姿端坐在伊恩身邊。

「父親，藥好了。」神官佇在長門肩上，開口替長門發聲。

摩魔火化出眞身，自張意身上躍下，爬上桌，拱起背，他後背上那紅毛瞬間燃動成火。長門持著那柄手術刀，對著摩魔火背上的那簇紅火，來回滑動消毒。

她穿著自西門町周遭添購的廉價素色洋裝，卻散發出難以言喻的優雅氣質。個頭嬌小的她，像是個家教嚴謹的名門千金，但伊恩說自己從未教她這麼說話做事，當然也不會干涉她這麼做。

伊恩將右手緩緩浸入那鍋藥液中；他上身赤裸，肩頭上還插著那根鬼噬長釘。他腫脹的右肩已變成黑紫色，上頭新增了數個切口，插著四根手指，自傷口四竄的黑紋，早已密集到讓整塊右胸、一部分肩頸、右邊胳臂都像是被塗滿墨汁般黑壓壓一片；那黑紋的範圍，停止在他右前臂的幾圈符紋圈圈後。伊恩每夜都得花費數小時時間，對著右前臂和胸背幾處地方持續施法防護，才能阻止黑紋繼續擴散。

鬼噬裡的惡鬼隨著進食變得更加凶悍而強大，伊恩這幾天更換手指的次數不停地增加，長門帶來的四十九根手指，竟只剩下不到十根。這已大大超出伊恩原先的估計。

「伊恩老大，長門小姐問需不需要再替您找些新指。」神官開口說話。有時他會依照長門的要求，以第一人稱的方式直接將對話譯出，有時則會以轉述口吻傳達長門的意思。

「不用。」伊恩搖搖頭。「四指的人是來打安迪的，這兩天他們的陣勢應該已經布置好了，我們沒必要在這時候招惹四指。不過，鬼噬比我想像中強大得多，這也是我待在這裡的原因，這個地方有很多可以代替那些手指的好東西，只是……現在我得全力搞我的手，沒力氣玩遊戲了。張意，晚上你得幫我跑一趟。」

「跑一趟？跑去哪兒？」張意隨口問。

「賭場。」伊恩說：「還記得外面那大老鼠房東嗎？他本來有一整排公寓，在這止戰區夜市裡的一間賭場裡輸光了，我要你替我去賭場跑一趟。」

「什麼？」張意咦了一聲，不解地問：「你要我去賭兩把？」

「不，你賭不贏那隻貓。」伊恩搖搖頭，自藥液中抬起手，以毛巾拭乾，又接過長門遞來的那柄讓摩魔火的背火燒得發紅的手術刀，切入右手背中。

一陣焦煙自伊恩的手背發出。

「哇！」張意見伊恩竟沒等手術刀降溫便切入手中，不禁駭然。

「別怕。」伊恩嘿嘿一笑，朝著那鍋藥液呶了呶嘴。「這東西有麻醉的效果，我不是自虐狂。」

伊恩動作俐落，三兩刀便在手背上開了個洞，取出三節掌骨和幾塊肉。

一旁，長門將伊恩那隻讓摩魔火的銀絲纏成大繭的左眼解開。那左眼黑白分明、濕潤潤，竟和數天前剛摘下時沒有兩樣。

伊恩將眼球放入手背上的那個焦洞中，揉揉按按、調整位置。

摩魔火隨即攀上伊恩的胳臂，挺腹抽絲，以銀絲將伊恩的右手掌團團裹住。

「那間賭場裡有個地下室，藏著不少好東西。」伊恩盯著右手，說：「那些東西能讓我再撐上一段時間。」

「老大，所以……你是要我去向賭場主人買那些寶物？」張意惴惴不安。

「那東西可不便宜，且他們也不會賣給你。」伊恩賊賊一笑。「那些都是賭場籌碼，也是這夜市交易的貨幣，但你絕對賭不贏，你得用偷的。」

「什麼？」張意呆了呆，搖著手說：「老大，我……這輩子沒偷過東西……我的意思是，如果我辦得到，我一定替你辦，但我沒經驗，如果失敗，可能會壞了你的大事啊……」

「何止壞了我的大事。」伊恩笑著說：「如果失敗被逮到，他們會把你生吞活剝的，上賭場偷東西被抓到，哪有什麼好下場，對吧。」

「……」張意打了個冷顫。他在舞廳圍事多年，聽過某些經營賭場的道上兄弟說過修理出千賭徒的方法，但上賭場行竊倒是沒聽說過；而這妖魔經營的賭場，會用什麼方式對付上門惹事的傢伙，則更是無法想像了。

「你也不用太擔心。」伊恩說：「摩魔火、長門都會帶著你。事實上，這整個計畫已經完成九成了，你只要親自跑一趟、開扇門，你甚至不需要逃跑，就能夠毫髮無傷地回到這裡。」

伊恩說到這裡，向長門使了個眼色。

長門撥弄戒弦，肩上神官同時開口：「張意先生，請進來看看。」

「咦？」張意見長門起身走到她那結界套房的門前，回頭望了他一眼，朝他比了個「進來」的手勢。

張意起身向前走了幾步，回頭望向伊恩，露出一副徵詢他意見的神情。

「你那是什麼表情。」伊恩大笑。「我要她帶你去看今晚計畫裡的『路』，不是要你看她洗澡。」

「路？」張意乾笑兩聲，邊抓頭邊跟著進入長門房中。

長門的結界小房裡十分樸素，牆邊擺了張小床，一旁有個小櫃，從門外見不到的角度還有間小淋浴間，淋浴間的水源則是接自原本地洞套房裡的沖水設備。

那大地鼠房東鬍野，以結界造出管路，偷接現實地底水路管線，因此水源算是乾淨，洗手台和馬桶的污水線路，同樣也是藉由結界管線，連接到眞實世界中的污水下水道和公寓化糞池中。

在那淋浴間旁，還有一扇門。長門揭開那扇門，裡頭是一條窄道。

張意跟在長門身後，聞著滿室薰香氣息，不禁有些飄然。他跟著長門走入那窄道，見窄道深長，才彷如大夢初醒般，驚奇地問：「這條通道是妳挖出來的？」

「是的，這條路通往賭場的地下金庫。」神官開口翻譯。

「什麼！」張意有些訝異，跟著長門走至窄道盡頭，只見窄道盡頭壁面上也有扇門。

摩魔火不知什麼時候跟入窄道，攀回張意身上，說：「我們進入夜市俱樂部裡的賭場，去地下室打開金庫的門，進去拿些伊恩老大需要的東西，然後直接從金庫內部造一道門，接上你眼前的這道門。」

「開一道門、造一道門。」伊恩也跟著進入這條窄道，緩緩地說：「這就是你今晚的任務，這個任務沒你不行，賭場結界的強度跟大老鼠這小房間不一樣，現在我已經沒有餘力幹這種事，但你能，你連黑夢都能突破，絕對有辦法開啓這條通往金庫的路。」

「原來如此……」張意望著那扇門，不禁訝然，原來這幾天長門晚上入房後，便是在挖掘這條通往賭場地下庫房的結界地道，爲的是要替伊恩竊取一些能夠延續生命的寶物；而他自己，則是這計畫的關鍵鑰匙，負責打通地道和金庫間那扇尚未完工的「門」。

04 粉圓豆花

橙紅色的霓虹燈閃爍亮起。

鐵捲門喀啦啦地揭開，緩緩敞開的縫隙透出妖異的煙。

店裡吧台旁倚著一個穿深紅色旗袍的女人；女人外貌成熟而不失美艷，一身旗袍開衩開得接近腰際，一雙雪白美腿隨著女人嬌笑而晃動的衩襬隱隱露露。

日式吧台上坐著一個外觀看上去約莫五、六歲大的小女孩，捧著一個大碗，笑嘻嘻地捏著大杓，將碗裡和著水果切片的碎冰一杓杓地送入嘴巴，並且和那旗袍女人有說有笑。

幾名佇在店外的客人不等鐵門全開，便彎著腰鑽入店裡，大聲向那女人和小女孩打著招呼。

「美娘娘，我們又來喝妳的酒啦。」「小尼子，這麼冷的天還吃冰呀。」

「一大堆臭酒鬼又來啦。」小尼子哇哇大叫，捧著那碗碎冰躍下吧台，繞著幾名大漢怪叫，用小腳踩他們的大腳、用腦袋頂他們的肚腩。

「妳姊姊這間店不賣別的只賣酒，我們這些臭酒鬼不來這裡，還能去哪兒呀？」幾個男人哈哈大笑。

「誰說的！」小尼子呀呀笑著，說：「我們還賣豆干、海帶、滷蛋、豬耳朵……」

「小尼子別騷擾客人，快來幫忙呀。」那叫作「美娘娘」的女人，來到吧台後，取出幾只酒杯，提出一瓶瓶酒，那些酒中有人間商店裡常見的威士忌、伏特加、啤酒、高粱，也有幾瓶不知名，閃動著奇異光彩的無商標酒。她完全沒問那些男人想喝些什麼，而是隨意地揭開酒瓶瓶蓋，這瓶倒些、那瓶倒些，將六、七種酒混成一杯，一一遞給那些男人。

小尼子繼續笑著，捧著碎冰躍上流理台邊的凳子，扭扭屁股仰仰頭，雙肩上隨即竄出兩隻細手，揭開水龍頭洗洗手；原本的一雙小胖手繼續捧著冰吃，而一雙長手則飛快地取刀，揭開旁邊小櫃，取出豆干、海帶、滷蛋、豬耳朵，胡亂地切了切，裝成一大盤，長手端起盤子，伸得更長，唰啦地甩到男人們面前。

「小尼子的動作越來越快啦！」男人們紛紛喝采，拍手乾杯。

店裡擁入更多「人」，坐滿了吧台後，大夥兒井然有序地排起隊來，有些開始吆喝：「一人只能喝三杯，大家別耍賴，誰喝醉了不走，我揍死他！」「止戰區裡怎能揍人？小心先被揍！」「要賴不守規矩就是在搞破壞，在止戰區搞破壞人人得而揍之啊，你菜鳥啊？」

大夥兒吵吵嚷嚷，排在前頭的喝了三杯，便醉得暈頭轉向、搖搖晃晃地離座，來到一處小櫃台前，對著那盆子捧腹一嘔，嘔出一團亮瑩瑩的黏團進盆子裡，然後心滿意足地離去。

「華西夜市有七、八家酒店，那間『美娘娘醉魂湯』最受歡迎。」盧奕翰向青蘋說明斜對面那家「醉魂湯」的情形。

「每個人只能喝三杯，每個都喝到吐？」青蘋遠遠地從醉魂湯店門門簾縫隙中望見每個客人出來前，都要在小櫃台前的那只銀盆子嘔上一陣。

「他們是在付帳，吐出『魄質』當作酒錢。」盧奕翰這麼說：「華西夜市裡的大部分商家都是用魄質當成貨幣交易，每間店每個月會從收入中撥出一定比例的魄質，作爲維持止戰區結界運作的能量，就像是繳稅一樣。」

「魄質……喔，就是你們說的那個魄質。」青蘋記得盧奕翰說過，世上生靈萬物，從人到豬雞牛羊、鳥魚蝦蟲，除了肉體之外，都有「魂魄」，魂是生靈的意識、思想和記憶，魄則是能量。

魂加上魄，就是世人口中的「鬼」。

人死之後，魂魄離身，持續修煉一段時間後，魄質成熟，進而煉出一身新肉體，便成了「魔」。

鬼煉成魔，不再受日出日落影響，等於永生不死。

不論是鬼還是人，甚或是魔，身上的魄質都能夠透過法術或是特殊器具、藥物取出，供其他人鬼魔食用，因此也能夠當成貨幣交易。

醉魂湯賣的是美娘娘親手調製的藥酒，特色是喝下肚後開心愉悅、煩惱消散，醒後頭不痛、嘴不乾，猶如一夜飽眠；酒量差的喝一杯悠閒三天，酒量好的喝三杯瘋玩一夜。

藥酒的成份裡有催魄藥，大夥兒喝完之後，立時要嘔，便嘔進櫃檯旁的銀盆子裡當作酒錢，然後離店開心地享受醉魂湯效用下的歡樂時光。

「大作家，好久不見咯！」矮矮胖胖的豆花店老闆長著一顆大蛙頭，端著四碗粉圓豆花上桌，他對夜路說：「續集寫到哪兒啦？」

「沒有續集啦。」夜路搧搧手，說：「我正在籌備新系列。」

「什麼——」青蛙老闆先是驚訝，然後失望，然後不甘，然後呱呱嚷嚷地說：「如果我算得沒錯的話，你故事裡還有七條支線可以發展、八個伏筆沒有解釋、九個角色的後續沒有交代清楚咯！」

「七你八個九啦，你每一集買兩千本，我就寫續集。」夜路臭著臉說：「那套書越賣越差，不寫新故事你養我喔？」

「養你有什麼問題。」青蛙老闆咯咯笑著說：「我店裡的豆花任你吃到飽咯，絕對不會餓著你，只要你讓我提供招式名稱就好，我每一集都要學招新招式。」

「……」青蘋望著她那碗粉圓豆花，豆花看上去就是一般的豆花，白嫩細滑，但粉圓卻不是一般的粉圓，而是有尾有腳還會游，和蝌蚪有九成九相似，但夜路堅稱碗裡這一顆顆的絕不是蝌蚪，是粉圓。

一旁的英武倒似挺喜歡碗裡那些「粉圓」，他一面吃、一面玩，稀里呼嚕已經吃下大半碗豆花。

青蘋來到這兒之前，早聽盧奕翰和夜路對她說過這華西夜市止戰區的點滴趣聞。夜路身爲作家兼協會外包案件中間人，替協會發派除魔案件給各地的異能者，協助異能者處理案件，然後與這些異能者同分協會發下的酬勞。

夜路時常外出取材，蒐集寫作資料，順便探訪各地的異能者，主動發掘協會有意處理的新案件，而這華西夜市止戰區便是夜路時常探訪之處。

他與這間「蝌蚪屋豆花店」的青蛙老闆一見如故，結為好友。青蛙老闆愛看小說，尤其是武俠小說，一聽夜路是作家，專攻武俠小說，便死纏爛打地非要夜路將自己寫進書裡不可，還要將他寫成武功蓋世的大角色，代價是店裡的招牌粉圓豆花終身吃到飽，還附贈這華西夜市止戰區裡的各路小道消息。

夜路藉著這方法，從青蛙老闆口中取得許多大消息和小消息，賣給協會順利成案的酬勞，比他的小說稿費還高，而他那套小說中的「蛙神先生」，也從英俊不凡的武林奇才，一路成為天下無雙的絕世高手，與書中另一位大俠——夜英雄，並列書中武功最高的兩個角色，若真要細分高下，蛙神先生還是稍微高過夜英雄一些些。

「我暫時不寫武俠了，我要改寫愛情小說。」夜路揮了揮手，正經地說：「愛情小說市場比武俠小說大上十倍、女讀者多八十倍。」

「什麼？」青蛙老闆起初聽夜路說要轉戰愛情小說，有些失望，但又聽他說愛情小說的女讀者多八十倍，眼睛為之一亮，說：「那這樣的話，你把我寫成風度翩翩的青蛙王子，然後註明這是真人真事改編，如果有女讀者向你探聽真人消息，你就給她我的聯絡方式咯。」

「喂。」夜路瞪大眼睛。「華西夜市止戰區守則的其中一條，就是不得向異能圈子以外的人，透露這地方的一切資訊。」

「我沒有透露這地方，我是透露我本人咯。」青蛙老闆手舞足蹈地笑著說：「我想娶個老婆。且我不是要透露給一般人，你可以替我過濾對象，篩選出一些美麗漂亮的小母蛙嘛。」

「美麗漂亮的母青蛙魔，而且還愛看我的小說……」夜路不置可否。「這幾個條件要同時達成，這機率……好，沒問題，如果我真有這種讀者……小弟我兩肋插刀也會介紹給老闆你。不過角色我得再拿捏，畢竟這次我要寫的是愛情故事，不是奇幻武俠，就算是青蛙王子，也只能是一種形容，不能是會說話的青蛙或者青蛙變成了人。」夜路說到這裡，見青蛙老闆對他的角色興致勃勃，像是亟欲貢獻肚子裡那一千種提案，連忙打斷他的興致，說：「老闆，我這次來是辦正事的，角色的事我們下次再聊。」

「是是是……」青蛙老闆拉了把椅子在夜路身邊坐下，說：「是該聊點正事，這事越鬧越大，大家表面上沒說什麼，但心裡都急得很咯。」

夜路點點頭，知道青蛙老闆說的自然是黑摩組在西門町搞出的黑夢結界，那黑夢結界的核心地帶離這華西夜市止戰區不遠，協會台北分部全面潰敗的消息，早已傳遍台灣整個異能圈子。

華西夜市止戰區是台灣北部中立妖魔和異能者聚會的重地，一直都是四指眼中的大肥羊，華西夜市能夠久立不倒，除了成員中強者眾多之外，靈能者協會在後撐腰也是重要關鍵。現在協會勢力潰散，這台灣最大止戰區結界裡的幾個大頭、元老，意見出現分歧，有些主張繼續維持中立、靜觀其變；有的主張主動協助靈能者協會對抗黑摩組；有的主張聯合晝之光和四指的其他堂口組織，圍勦黑摩組；有的主張乾脆大夥兒一起搬家、遷移他處，將整個華西夜市搬到黑摩組迫害不到的地方。

而這些意見的唯一相同之處，就是一致認爲黑摩組對華西夜市絕對不會抱持善意，所有人都知道黑摩組這幾年的行事風格，他們找尋獵物猶如窮凶極惡的惡獸，展開獵捕則彷如狂風暴雷野火，連四指的同門前輩都說殺就殺、連四指的總頭目都設計綁架；黑摩組這段時日的作爲，可眞嚇壞了異能圈子裡的所有人。

「聽說俱樂部那些大老們這陣子吵翻天了咯。」青蛙老闆說：「最後大家決定今晚開會，四指也會派代表來。」

「什麼？」盧奕翰和夜路相視一眼，盧奕翰問：「你確定是今晚？現在過十二點了，你說的『今晚』……是明天晚上，還是待會兒？」

「就是等一下啦。」青蛙老闆說：「我都習慣一覺醒來之後，才算過一天咯……不過，我也不確定啦，這是巴烏講的，巴烏說是阿呆告訴他的……阿呆就是上次你們見到的那個流浪鬼。」

「……」盧奕翰本已取出手機，想將這重要情報回報給協會，但聽青蛙老闆語氣遲疑，便也不敢撥號。他知道青蛙老闆在這華西夜市算不上大人物，本來就無法參與夜市大老們的內部會議，頂多四處打探些經過二、三手之後的八卦傳聞。

「還有一件事。」夜路津津有味地喝著豆花、嚼著「粉圓」，問：「最近夜市裡，有沒有聽說種草人孫大海的消息？」

「種草人孫大海？」青蛙老闆搖搖頭。「他是誰？」

「是協會的合作夥伴，私下種些奇花異草，賣給協會製作藥材，他家裡有幾顆祖傳的神草種子，黑摩組想搶，孫大海帶著種子逃了，現在下落不明。」夜路指著青蘋說：「這是他的外孫女，我們今天來，就是想向你打探孫大海的下落。」

「沒聽說過咯。」青蛙老闆攤著手說：「協會的合作夥伴沒有一千也有八百，我只認得名人，你隨便講個路人名字，我怎麼可能知道是誰？不過……如果是個路人，根本逃不出黑摩組的手掌心，現在應該已經被黑摩組逮到了吧……」

「我以爲青蛙老闆你見多識廣嘛。」夜路見一旁的青蘋露出難過的神色，趕忙說：「其實也不一定被逮，孫大海那些神草種子威力驚人，一經使用，黑摩組的成員不見得擋得住。」

「不對。」英武吃完了自己的豆花，插嘴說：「神草力量驚人，但種子不能直接使用啊，要種出神草才能用；種子埋入土之後，要好幾十天才會發芽，而且沒有我的便當，會比好幾十天，還要再晚好幾十天喔。」

「嗯。」夜路咬著湯匙，直勾勾地瞪著英武。「就算是這樣，孫大海在協會列管的異能者裡也算是數一數二的好手了。他經驗豐富，就算不用神草，我想也不會有太大問題……畢竟青蘋家附近還沒有被黑夢的核心地帶吞噬，孫大海有自製的提神草，在黑夢核心地帶以外，足夠保護他的心神了……」

「是啊，妳外公的回魂羅勒是我們的守護神，這陣子都得靠它了。」盧奕翰取出一個口罩，對著青蘋揚了揚。青蘋身上也帶著個口罩，這是特製的口罩，比尋常口罩厚實許多，內側縫有夾層，夾層間塞著回魂羅勒葉片。

靈能者協會台北分部裡的大部分回魂羅勒，都來自孫大海那處花園溫室，或是以孫大海提供的植株再行分株栽種而出。這些回魂羅勒原本用於抵禦或是治療那些能夠迷惑心神的幻術，對於身處在會使人瘋狂的黑夢結界當中，也有一定的抵抗效力，因此在此當下，幾乎成爲協會成員的隨身標準配備。先前盧奕翰和夜路突襲狂筆據點時，便戴著夾有回魂羅勒葉片的口罩，以防心神喪失。

「如果那臭葉子那麼有效，你們也不會被打得那麼慘啦。」英武隨口接話。「老孫的身手一點也不行，什麼『數一數二的好手』，狗屁！那糟老頭子第一擅長泡妞，第二擅長種花，除此之外，就會仗著神草厲害橫行霸道而已。但他唯一的神草給了青蘋，他身上沒有神草，連我都能打歪他呢。」英武呵呵地笑了一陣，突然啊呀一聲，說：「如果是這樣，那老孫的處境不就很危險嗎……」他顫抖地叫了幾聲，終於想到這一點，見青蘋頭垂得更低，又見盧奕翰和夜路的臉色越加難看，這才醒悟他倆一搭一唱，爲的只是想讓青蘋放心。

「你們不用安慰我。」青蘋放下湯匙，抹抹眼睛，說：「我不是三歲小女孩，我知道外公的處境可能很糟，但沒見到人，我不會放棄，我一定要找到他，如果……如果他眞有了什麼三長兩短，我不會放過害他的人，反正、反正……」青蘋說到這裡，一激動，眼淚終於翻過眼眶、滾下臉頰。她立志當個私人偵探，本來就是爲了查出殺害雙親的仇人，然後爲父母報仇，倘若孫大海當眞罹難於黑摩組手中，她的報仇對象便要增加一些名額，只是這復仇對象，可強大得超乎她以往的想像。

「這陣子……你們如果有自己的事情要忙，不用管我。」青蘋抹去眼淚、吸著鼻子，重新捏起湯匙，大口吃起豆花，這次她沒那麼忌諱碗中的那些「粉圓」了。「我會花更多時間練習神草，我會盡快學會保護自己……」

「也沒什麼事。」夜路和盧奕翰相望一眼，故作輕鬆地說：「前陣子奕翰的任務，就只是盯梢而已，主要盯著那兩個怪胎，碰到妳之前，我還不知道那兩個怪胎原來一個畫漫畫、一個寫小說。他們現在認得我們，協會換人盯他們，所以奕翰很閒，可以陪妳打聽孫大海的消息，我則一面趕稿，一面保護你們兩個。」

不斷擴大的黑夢結界，不僅能夠影響人類的心智，甚至能夠激發出極少數人原本壓抑著的異能潛力；黑摩組以這種方式，一面吸取黑夢結界範圍內的生靈精魄，逐步擴大結界範圍，一面四處招募那些受結界影響而得到特殊能力的新生異能者，快速擴張勢力。

在黑摩組的強勢突襲下，元氣大傷的靈能者協會殘兵們，在總部強援抵達前，僅能消極地在外圍暗中巡察，一旦發現哪處出現奇異能量變化，或是異能人士，便暗中進行盯梢跟監，倘若那些異能者尚未被黑摩組吸收，便軟硬兼施，試著遊說他們加入己方，或是要他們離開此處以免成爲黑摩組目標。倘若兩種提議都不被接受，協會成員便會以法術強制封印那些新生異能者的力量，以免他們之後造成更大危害。

又倘若盯上的目標已加入黑摩組，協會成員也會暗中觀察一段時間，決定是否按兵不動，從他們的後續行動中探得更多情報，抑或是對其發動攻擊。

盧奕翰的盯梢目標，便是狂筆和荒木。他找了舊識夜路幫忙，花費數天時間，確認那老公寓大多數時間都只有狂筆和荒木出入，偶爾才有一名女人外出購買生活用品和食材。他們從那女人外出時的呆板行爲和空洞眼神，推估她必然受到法術控制心神。他們又間接從街坊鄰居口中，探聽出那棟公寓大略的住戶身分，猜測整棟公寓都在狂筆和荒木控制下；他們仗著結界術力，操縱原住戶的心神，將其當作奴隸使喚。

他們一步步地在更接近公寓的位置建立新的監視點，直到在那公寓隔鄰的頂樓加蓋庭院中窩藏了一天半，確認荒木和狂筆同時外出之後，才壯著膽子試圖探入那加蓋小套房，卻剛好撞上了返回住處且還擄著青蘋的狂筆，誤打誤撞地救出了青蘋，還搶得一塊能夠操縱黑夢結界的黑木牌。

立下此功的盧奕翰，由於身分曝光，便被調往後勤，等待進一步命令。今夜他們趁著閒暇，帶著青蘋來到這華西夜市了解四指殺手集結的情形，順便打探孫大海的消息。

「我覺得妳還是應該去投靠老孫那老相好。」英武說：「老孫不希望妳爲了他冒險，他只希望妳平平安安，那是他的心願。」

「他有他的心願，我有我的心願。」青蘋說：「你快點教我用神草，我練熟了，就能夠平平安安了。」

「我能教的都教妳啦……」英武說：「我只懂得幾招小把戲、一些簡單的咒語，都是老孫告訴我的，我自己也不會用，這神草只有流著老孫血脈的後人才能操縱。老孫當年修煉這批神草種子時，被一批覬覦種子的妖魔盯上，算他運氣好，遇上那女人，那女人本領大得很，不但幫老孫擊退那些妖魔，也提供老孫各種修煉方向和法術指點。在那女人的幫助下，老孫煉出了七顆種子，比原先預期中的三顆，足足多了一倍以上。最後老孫送她一顆神草種子，讓她種在家裡，爲她守護家門，聽說現在長得好大啦……」

英武說到這裡，頓了頓，繼續說：「那女人雖然無法直接操縱神草，但她可算是這些神草種子的催生者之一，她懂得這些神草的所有神奇之處和大部分的操縱方法。妳去她那邊，她會教妳怎麼跟神草培養感情，等妳能夠自由操縱神草之後，就不怕那些壞人了。」

「到那時候，我外公早就死啦！」青蘋說：「我等不了那麼久！」

「其實我覺得這傻鳥說得沒錯。」盧奕翰放下湯匙，望著青蘋，說：「坦白說，如果妳能練成妳外公的法術，幫助會更大……而現在……」

「鐵肉老兄。」英武抗議：「你就算不叫我名字——英武，也可以叫我的品種——鸚鵡，就算不叫我的品種，直接叫我鳥兒或是小鳥我也不會介意，但爲啥非加個『傻』字呢……青蘋妳評評理，這老兄……」

「我不是說了，我外公不可能等到那時候嗎？」青蘋沒理會英武，而是瞪大眼睛對奕翰說：「我不能拋下他。」

「奕翰的意思是——」夜路插嘴說：「現在的妳算不上即戰力，留在這裡也沒有太大幫助，如果妳在安全的地方修煉法術，或許還有派上用場的機會。」夜路說到這裡，朝盧奕翰昂了昂頭，說：「你是這個意思，我說的沒錯吧。」

「是啊。」盧奕翰儘管不想講得這麼直接，卻也不否認夜路的解釋，他點點頭說：「協會已經派人探聽妳外公的消息了，這陣子我們沒有任務，也會全力幫妳找人，但妳還是……」

「這樣好了，兵分兩路。」夜路叉著手、仰著頭說：「奕翰，你和英武留在台北，繼續打聽外公的消息，我和青蘋去找外公的舊情人，弄清楚這神草是怎麼回事。」

「你的語氣像是在講自己的外公一樣。」盧奕翰白了夜路一眼。

「咦？有嗎？不會吧。」夜路嘖嘖地解釋。「可能這幾天常聽青蘋提起孫老先生，不知不覺影響到我。你也知道，我家中的老一輩尊長早逝，我對老人家一直有種懷念的情感，唉……」

「爲什麼讓我跟鐵肉一起啊，我應該和青蘋一起才對吧，應該是你這貓狗人跟鐵肉去找老孫呀。」英武張著翅膀表示反對。

「不要叫我『貓狗人』，麻雀。」夜路將臉湊到英武面前，正色地瞪著他。「我的貓跟狗也是有名字的，你又不是沒看過他們，我們有力量保護青蘋，這才叫兵分兩路啊，你有能力保護青蘋嗎？」

「你沒唸過書嗎？人貓狗！」英武氣呼呼地抗議：「我長得像麻雀嗎？我的品種是鸚鵡，我的名字叫英武。」

「你叫我貓狗人，我就叫你麻雀。」夜路說：「你叫我名字，我才叫你名字。」

「我剛剛叫你人貓狗。」

「在『人貓狗』之前你叫『貓狗人』，不過這不是重點，重點是我叫夜路。」夜路幾乎要將鼻子貼在英武的喙上了。「聽到了嗎？鵪鶉。」

「什麼？鵪鶉——」英武瞪大眼睛，像是被夜路激怒般地振翅竄起，大叫：「我長得像鵪鶉那種黑黑髒髒的東西嗎？」

青蘋和盧奕翰無意打斷英武和夜路的紛爭，他們站起身，往斜前方逐漸聚集的人群望去。那兒不知發生了什麼事，哄鬧成一片，一群大妖小鬼、異能者們紛紛簇擁上去。

05 鬧事青年

「左邊、左邊、左邊一點……師弟，左邊一點！」摩魔火的八條毛足抱著張意的腦袋，像是頂怪異的帽子。

「別吵啦。」張意這些天早已習慣摩魔火寄居在他身上，甚至時大時小地變化身形，與他對話。

他專注地操縱著眼前那怪異夾物機上的兩支操縱桿，分別控制著夾物機的兩爪大夾。夾物機中的物品雜亂瑣碎，有模樣詭怪的玩偶、木頭小罐、針管、鮮艷的甜食糕點、黑褐褐的蜜餞、閃亮的綴飾——全都是蘊含魄質的寶物。

一旁的長門挽著一個提籃，裡頭裝著滿滿的小寶物，全是張意夾到的。摩魔火估計，光是這一小籃的小寶物，應當能夠抵「半根手指」，讓伊恩肩頭上的惡鬼吃上大半天。

「就是現在。」張意專注地操縱兩支操縱桿降下大爪，讓兩支爪指穩穩地鉤住一只古怪小偶，跟著轉動操縱桿，拉動大爪，將小偶提往出物洞口。

這雙操縱桿的夾物方式，雖與市面上一般的夾物機有些不同，難度卻也不高，張意起初失敗了幾次之後，熟悉了雙桿的操作方式，便再也不曾失手，一口氣夾了大半籃小寶物。

這豐碩戰果不僅讓附近圍觀的小鬼小魔們看呆了，也讓那粗眉尖牙的店員氣呼呼地扠著腰走近他，瞪大雙眼盯著他的一舉一動，像是在監視他有無使用違規方式夾物。

華西夜市的大部分攤販都以魄質作爲交易貨幣，但也有少數妖魔經營兌幣生意，讓客人以人類貨幣換取魄質，供那些一時拿不出足夠魄質，卻又須要在夜市內進行某些消費的急客。

本來以伊恩的財富，要購買足夠供鬼噬大食的魄質並不困難，但華西夜市中的幾處兌幣窗口，大都受到監控，時時刻刻將客人的兌幣情形回報給管委會；倘若一口氣兌換太多魄質，或是過度頻繁兌換，卻又沒有在夜市中進行相當的消費，便會惹來夜市管理員的關切，以防止那些兌幣者將魄質用來進行一些「不好」的勾當。伊恩藏身在鬍野那髒臭窄小的地下出租屋裡，目的便是不想引人注意，自然不能以兌幣方式換取魄質。

此時距離今夜俱樂部會議還有一段時間，張意和長門四處遊蕩，在這華西夜市止戰區中閒晃，他們讓生著八隻手的小師父搥背捏腳、在蛇藥店裡喝了據說能夠讓人在數小時內百毒不侵的靈蛇酒、在一家豆花店裡吃了滿碗蝌蚪亂游的豆花，然後，來到了掌管整個華西夜市止戰區運作的「俱樂部」外頭。

這華西夜市俱樂部的外觀看上去不甚起眼，位在數條狹窄的巷弄間，四周林立著各式各樣的招牌，大都是些古怪妖魔姑娘和鬼怪先生經營的按摩館，當中一面牆上有扇小門，小門外立著一塊陳舊木牌，上頭貼著兩張紙，大張寫著「華西夜市俱樂部」幾個字，小張紙上則寫著「華西夜市止戰區管理委員會」。

那古怪的招牌旁，有個橫眉豎目的壯漢，扠著手坐在一張小凳上，盯著這四通八達的狹窄巷弄。壯漢身旁站著幾個嘍囉，一樣地左顧右盼，像是這俱樂部的守衛般。

儘管這俱樂部的入口陰暗、寒酸、窄小，但是捧著大堆魄質罐子向那壯漢打過招呼後，推門進入俱樂部的傢伙可眞不少。那俱樂部裡最主要的活動就是賭博，據說賭場主人是隻胖壯老貓，同時也是華西夜市的幾名元老之一。

比起這俱樂部入口，對街雜貨店「寶山」可是氣派許多。那寶山擁有尋常店面四、五倍大寬度的門面，那攀在店外牆上超過十公尺的巨大招牌上，便只寫著「寶山」兩個字。

寶山說是雜貨店，更像是大賣場，甚至是百貨公司，裡頭挑高兩層樓、幅地廣闊，許多超過五、六公尺的高聳貨架都設有移動式長梯，客人得踩著長梯往上攀，才能拿著放在高處的貨品。

寶山裡的貨品千奇百怪，從生活雜物到零食飲品、從服裝佩飾到童玩古物、從書籍文具到珍貴藥材，應有盡有，甚至連武器都有賣。

張意和長門進入這寶山，花了幾十分鐘才逛遍整座寶山。他們把玩了那一籃籃會動的整人怪蟲、試吃了幾枚會讓人舌頭觸電的整人糖果、買了一支能看見鬼怪打架的萬花筒、找了些伊恩煉手需要的藥材。

最後，他們來到這處擺著十來座夾物機的遊憩區域，這兒的角度能夠隱約看見外頭那條通往俱樂部的窄巷的四周景況，窩在這兒等待，便能從往來人流大略得知那元老會議開始了沒——寶山的余老闆也是華西夜市的元老之一，此時余老闆正穿著泛黃吊嘎，窩在櫃檯內側搖著扇子、灌著汽水看電視，並和在一旁替他熨燙西裝的老婆爭論華西夜市未來何去何從。他們可都是待會兒元老會議裡的與會人士，當他們動身時，便是會議即將開始時。

俱樂部那大賭場裡自然有守衛保鏢常駐，但今夜這場會議事關重大，與會者是夜市住民向來畏懼的四指，賭場保鏢必然得分出一大部分來協助維持秩序，這會使得賭場和地下金庫的防備比平時弱上許多，而這也是伊恩要張意和長門今晚行動的原因。

「哇，又夾中啦、又夾中啦！」

幾名怪頭怪眼的小鬼，聚在張意身旁蹦蹦跳跳，見張意又夾中一只小玩偶，紛紛鼓譟歡呼起來。

守在張意身邊、留意他有無作弊的店員，也從一個變成了兩個，他們兩個加起來五隻眼睛，卻也瞧不出張意形跡有異——他就只是投入以人類現金換得的魄質代幣，然後操縱一雙搖桿，將東西夾至入口而已，連張意本人都對自己極高的夾物率驚訝不已——寶山這批夾物機，夾物爪子並不像人類鬧市中夾玩偶機台的爪子那樣鬆軟無力，相反地穩當牢靠，只要操縱得當，爪子便能穩穩地將物品運送至出物洞口。

寶山這些夾物機的眞正困難之處，在於每一台夾物機裡都施有幻影結界法術，在那幻影結界中，爪子和物體的大小、遠近、立體感會時時變化，客人們時常以爲爪子對準了東西，放下爪子後，才發現離物品偏了好幾吋，或是夾中了物品，卻擲不進出物洞口。

張意卻感受不到這幻影結界的威力，或者說幻影結界對他的雙眼完全起不了作用，他便只是不停地重複移動爪子、夾起東西、丟進洞裡而已。

「可惡——」

一聲青年的怒吼，從距離張意數公尺遠的另一座夾物機台響起。

張意和長門望向那青年，只見他年歲和張意相差不多，二十來歲，外貌蒼白斯文，一身睡衣睡褲外頭卻套著棒球外套，腳上是不成對的拖鞋。

那青年忿忿不平地對著夾物機叱罵，罵的內容含糊顛倒、纏夾不清，像是瘋言醉語。

「明明夾到了，爲什麼沒夾到？根本是騙人！小老鼠、小傢伙、小怪頭，你們很會逃是吧，再逃啊……再逃呀你們！」那青年恨恨地又投入一枚代幣，操縱起控制桿，挪移半晌，情緒更加激動。「這什麼爛東西，爲什麼這麼難用，小老鼠，你給我出來——」

「喂……喂喂……」本來盯著張意的兩名店員，見那青年形跡古怪、動作粗暴，紛紛轉而上前關切。「別搖這麼大力，機器會壞掉。」

「弄壞掉？這破東西本來就是壞的！」那青年朝著店員怒瞪一吼。

那青年怒吼之際，臉頰竄出橘毛、耳朵尖翹、鼻子突挺，嘴邊還生出利牙，但那些橘毛、利牙、尖耳、突鼻和利齒，只閃現瞬間便又消失無蹤。

「你認識這些臭傢伙？他們是誰？他們叫什麼？」青年揪著一名店員，指著夾物機裡的鼠公仔、小人偶和幾枚畫著怪臉的小沙包。

「什麼？你說什麼？」那店員驚怒叱罵：「快放手，你抓著我做什麼？」

噹啷啷啷——幾聲脆亮鈴聲，張意這兒的機台響起音樂，幾個小鬼又是一陣歡呼，就在那青年吵鬧之際，張意又夾到了一只玩偶，那是個中型的老鼠玩偶。

「哦——」青年盯住了張意，見他從出物洞口取出那老鼠玩偶，便放開店員，搖搖晃晃地走向張意，臉上微微閃動橘光，長毛尖耳時隱時現，屁股後頭還不時閃現一簇大大的尾巴。

是條狐狸尾巴。

「你是怎麼抓到的？」青年來到張意面前，盯著他手上那老鼠玩偶，又瞧瞧一旁長門挽著的那提籃。他推開張意，霸佔了機台。「這台比較好抓，換我抓抓看。」

「……」張意和長門相視一眼，讓得遠些，來到另一台夾物機，和那青年同時投入代幣。

喀啦、喀啦啦，兩枚代幣落入錢箱的聲音同時發出，兩人同時操縱起搖桿，控制那兩爪大夾子移動。

張意的大夾穩穩地朝斜方向那顆三角飯糰推進，青年的大夾搖搖晃晃地朝另一隻老鼠玩偶晃去，那青年一面大罵：「怎麼搞的？臭老鼠這麼會跑，你跑、你跑啊！」他一面罵，一面轉頭朝張意問：「他這麼會跑，你怎麼抓到他的？啊？說啊。」

「……」張意沒有理會那青年，操縱大夾向下，夾起飯糰，運往出物口。

「混蛋、賤老鼠，我宰了你！」青年尖叫叱罵，他的聲音和他的樣貌一樣混亂變化、時男時女——更多的時候是女聲。

「呀……」青年那大夾落在離那老鼠玩偶數吋之外的物品堆中，他本要發怒，因他覺得自己明明看準了位置才落夾，卻仍然沒有夾中大鼠；但大夾提起，勾著了兩個小物，一個是小人偶、一個是小罐子，他因此歡呼大笑起來，操縱著搖桿試圖將東西運往出物洞口，足足花了三十秒，仔仔細細地將小物對準那出物洞口鬆開大夾。

小罐子和小人偶，卻掉在離洞口好幾吋外，又滾回剛剛的位置。

「喝——」青年陡然暴怒，一拳打在夾物機上，朝著張意望去，只見張意早已夾出那飯糰，且又夾中了一只小怪偶，正穩當當地送往出物洞口。

幾個小鬼搶著替張意取出那小怪偶，他們本要起鬨向張意討東西，但見怪青年凶悍地盯著他們，便戰戰兢兢地將小怪偶遞給張意，後退幾步望著青年。

「這位客人……」店員趕忙過來圓場，一個擋在張意和青年之間，面無表情地說：「這裡不能鬧事喔，這整個夜市，都不能鬧事。」另一名店員則是笑嘻嘻地朝青年遞上一杯茶。「夾不到東西，打機器也沒用，我們這機器都很結實，打了也是疼到你的手而已，喝杯茶消消氣吧。」

「是嗎？」青年瞪大眼睛，耳朵陡然豎起，又勾出一拳，轟隆一聲，將那夾物機的玻璃一擊爆碎。他俐落伸手，搶出那大鼠玩偶，捏著那玩偶大聲叱罵：「被我抓到了吧，哈哈！你不是很會逃，你再逃呀、再逃呀，你們再逃呀——」

兩名店員駭然後退，見那青年搶得一隻鼠玩偶還不夠，竟要去破壞其他機台，嚇得大聲嚷嚷起來：「有人鬧事啊！」「老闆、老闆——」

「怎麼回事？」余老闆抓著一罐汽水，急急忙忙地奔來，見到那古怪青年打壞了他的夾物機，怒眼一瞪，沉聲責問：「你這小子怎麼回事？你難道不知道這裡是止戰區？」

「老余，別亂發脾氣……」老闆娘左手捧著西裝，右手持著熨斗，跟在余老闆後頭，伸長頸子望著那青年——她那頸子伸得極長，她人站在余老闆的兩步之後，但嘴巴卻幾乎貼在余老闆的耳際，低聲說：「四指裡本來就什麼人都有，這些天都進了華西夜市，說不定是哪個幫、哪個組裡的瘋狗，再一會兒就開會了，別惹麻煩，免得待會兒談不攏，大家要怪我們寶山了。別跟他計較，哄哄他吧。」

「……」余老闆聽老婆那麼說，點點頭，勉強擠出笑臉，朝著青年搓搓手說：「小伙子，你……到底想怎樣啊？」

「你……這機器太爛，我替你修理它……」那青年齜牙咧嘴，儼然滿腹怒火，但他似乎也不是太清楚自己爲什麼滿腹怒火，像是還沒想好發怒的理由，隨口胡說。

「這樣啊。」余老闆呵呵笑著說：「那修好了沒啊？」

「沒！」青年說：「我看這爛東西應該是修不好了！還有，這老鼠壞透了，我替你教訓他！」

「老鼠送你吧。」余老闆說：「小兄弟，你愛怎麼教訓就怎麼教訓吧，外頭還有好多東西吃，你要不要……」

「小兄弟？」那青年啊呀一聲，像是找到發飆的理由，大聲叱罵：「你竟然叫我小兄弟？」

「我大你那麼多歲，不叫你小兄弟叫你什麼？」余老闆無奈地說。

「你大我很多歲嗎？本姑娘超過一百歲了！」那青年吼吼一叫，扠腰挺胸，嘴一張，滿口利牙。只是那利牙閃閃爍爍，一下又變回人齒。

「你……」余老闆聽那青年自稱姑娘，一時也不知是什麼意思，他苦笑說：「我三百多歲啦。」

「我不是說誰年紀大。」青年怒氣沖沖，大步走來，說：「你叫我小兄弟？我是母的，你眼睛瞎啦！」

「好、好好好……」余老闆後退幾步，和老婆一同陪笑，說：「是我不好，我說錯啦，你是小姑娘……」余老闆邊說，還掄起拳頭，在自己臉上敲了幾下。老闆娘也嘻嘻笑著幫腔：「小姑娘，我們店裡有些漂亮衣服，你喜歡的話，自己隨便挑呀。」

「嘿……」那青年聽老闆娘那麼說，倒是開心，在余老闆和店員的陪同下，繞走半晌，來到服飾區域，挑了幾件衣服，在大鏡子前對著自己的身形比了比，卻怎麼也不滿意，他喜歡的都是些花俏短裙、鮮艷洋裝，和他的男人身材一點也不相稱。青年臉色愈漸難看，竟握起拳頭毆打自己的臉。「你這傢伙是誰啊？為什麼我老是見到你？我換衣服你擋在我前面幹嘛？快滾……唔唔！我的頭好痛……」

青年將捧在手上的衣服扔了一地，抱頭打起滾來，突然蹦了個老高，攀上貨架，朝著底下客人狂吼不已。「是誰？誰在說我壞話？我聽見了，誰說我壞話？」

他一面怒罵，一面在幾處貨架上飛來蹦去，拍落一堆貨品，回頭見余老闆領著店員退了個老遠，一副隨他開心的模樣，更讓他滿腹怒氣無處發洩。他左顧右盼，見著張意和長門提著那籃小東西準備離去，張意腦袋上那大紅蜘蛛還猶自望著他，便狂吠幾聲後忽地蹦去，落在張意面前，像隻惡狼般，上身壓低、雙手撐地、雙腿繃緊，一副隨時要撲咬張意的模樣。

「是你？」青年瞪大眼睛，微微張口，露出利齒。「你說我壞話……我聽見了。」

「小心。」摩魔火拍了拍張意的腦袋。「這傢伙發出的魄質強大，是百年大魔才有的力量……」

「我……我可沒得罪他啊。」張意後退兩步。

「黑夢能讓人發瘋，當然也能讓魔發瘋。」摩魔火低聲說：「每個人體質不同，有些容易被黑夢影響心神，有些抵抗力稍強一些，魔也一樣。這隻魔寄宿在活人的身體裡，像是瘋了。他有攻擊性，我們得想辦法離開，別跟他糾纏。」

「什麼什麼什麼？」那青年瞪大眼睛，猛地站起，朝張意大步走來。「你說我什麼？你作弊對不對，你跟那些壞老鼠串通，一起來欺負我是不是？」

「你要的話，就給你好啦，老兄……」張意從長門手中接過那提籃，遞向那青年。「我只是隨便抓著玩而已，我不認識你呀……」

「叫我『老兄』？」青年一把打落張意那提籃，上前揪住張意的領子，朝他的鼻子揮拳。青年尚未擊中張意的鼻子，卻見眼前銀光一閃，陡然縮手向後退開，避開了那道幾乎要劃開他咽喉的銀光。

長門右手持著那柄銀色小鏟，直指青年，左手俐落地揭開一路揹著的長形木箱，從中取出一柄三味線，穿過揹帶掛在身前。

三味線是日式傳統弦樂器，與小提琴、胡琴類似，有著琴桿、音箱、弦線等構造，長門手中那「鏟子」便是彈弄三味線線弦的專屬器具——「撥」。

尋常的「撥」，慣用木頭、象牙、牛角，甚至是龜甲作為材質，但長門手中的撥，卻閃動著銀亮的金屬光澤，握柄處纏著褐色絲線，猛一看有些像是鐵板燒的鏟子，實際上能夠當作利刃武器使用。

「好呀，要打架是吧！」那青年見長門持著閃亮利器對他擺出戰鬥姿勢，不禁興奮歡笑起來，像是終於找著了個大鬧一番的理由。

「看我的火鳥兒們……」青年咧嘴笑著，雙手一攤，掌心炸濺出兩團黑色、猶如墨汁般的液體，在他掌心間飛旋繞轉。青年彎曲中指和無名指，讓手指沾染掌心黑墨，然後飛快地凌空筆劃起來。

青年沾著黑墨的手指，在空中拖曳出條條光跡，猶如粗厚數十倍的仙女棒軌跡，畫出兩道猶如符籙般的圖紋。但下一刻，光跡黯淡，什麼也沒發生。

「咦？啊？」青年哇哇兩聲，懊惱地大力跺腳，毛躁地尖叫大罵。「我那些火鳥兒怎麼叫不出來呢？啊呀，我畫錯了、符畫錯了、火鳥兒怎麼畫呢？狗狗兒們？黑猴子、火兔子……怎麼一個也想不起來？我怎麼了呢？」

「我是誰啊？」青年怪叫半晌，陡然停下，望著長門，問：「妳是誰？我是誰？」

長門聽了神官的即時翻譯，無語半晌後撥弄了幾下戒弦。

神官將長門的回應，一字不差地對那青年說：「妳不用管我是誰，請妳離開這裡，妳病了，妳須要治療。」

「我是在問她，不是在問你，我有允許你這臭鳥跟我說話嗎？」青年瞪大眼睛叱罵神官。「小心我吃了你！」

「長門小姐聽不見聲音，也不會說話。」神官一板一眼地回答：「我當她的耳朵、做她的嘴巴。」

「我不信！」青年尖聲怪笑，雙腿一蹦，竄向長門，伸手要抓神官。「沒聽說過鳥還可以當耳朵嘴巴，我看看你怎麼當耳朵嘴巴？」

長門托著三味線，持撥弄弦，輕彈數下，腳邊幾波銀光海浪似地掀起，擋在她與青年之間。

唰——青年的拳頭搥入銀浪裡，像是打進沙包土牆堆中般，拳頭和胳臂穿透銀浪，身體卻給卡在浪中。

長門訝異地連退數步，神官則是嚇得振翅撲飛起來，像是沒料到青年能夠擊穿那銀色浪牆。

青年也驚訝地嚷嚷怪叫，像是沒料到這銀浪牆竟能阻擋住他這一拳。

「喝！」青年怪吼一聲，雙臂施力，將銀浪左右撥開，再次對長門展開追擊。

「喂喂喂，小姑娘、小妹妹。」老闆娘尖聲大叫：「要打去外面打，別在我們店裡打，好不好啊。」

「不好。」那青年哈哈大笑，飛奔向長門，啪啪啪地踩上一旁貨架，橫著身子避開長門彈來的那股銀浪，跟著飛身一蹦，蹦到空中，掄拳要往長門的腦袋上砸。

長門閃身揚琴，再彈三下，三條銀光自弦上彈起，如鞭子般甩向青年。

青年揮手格擋，右手抓著一鞭，抬腿踢開一鞭，再扭身避開第三鞭，然後落地，望望手掌上的紅痕、低頭瞧瞧小腿裂開的褲管，卻一點也不覺得疼痛，便更加有恃無恐地朝長門逼去。

噹、噹噹、嗡嗡嗡——長門一面退一面撥弦，接連彈出三道浪牆、四道銀鞭、七道弦箭。

青年一點也不畏懼這些浪牆、飛箭和鞭打，他大步向前，將來襲攻勢用拳頭打散或是抬臂格開，甚至用腦袋撞碎一道浪牆。

長門見青年攻勢極猛，不住地後退，直到後背撞著貨架，退無可退；卻見青年追到眼前，只好彎膝舉琴，撥片急急彈出一陣沉重異聲，腳下旋起一圈銀亮浪牆，如龍捲風般地高高捲起。

轟！青年一拳打進那銀牆，拳頭停在長門鼻前數吋；那拳頭傷痕累累，小指有些歪扭，正是先前一陣猛衝亂擊所造成的。青年似乎沒料到這龍捲浪牆比先前的浪牆都要厚實，他這拳給卡在浪中，還沒來得及抽手，浪圈內的長門已再次出招，彈出幾條銀光，捲上青年手腕，跟著銀浪散開。長門拖著光弦向前狂奔幾步，施力一甩，將青年甩入一面巨大貨架，轟——

巨大的貨架傾垮攤倒，青年身子埋入落下的雜物貨品堆中。

「神官，要長門小姐別打了。」摩魔火急急地拍著張意腦袋。「我們不是來鬧事的，要是引起太大注意就糟了。」

「這……」張意奔到長門身邊，想伸手拉她，卻又記得之前伊恩的叮囑，不敢碰她的身子，只好對著神官喊：「走吧，別打了。」

長門沒等張意說完，立時轉身要走，但聽那貨架堆裡發出一陣凶悍殺氣，急急回頭，只見數頭巨大猛犬自那貨架堆中竄出，朝她撲衝而來。

「哈哈，我想起來啦！」青年一個翻身，自貨物堆中蹦起，絲毫不顧自己一雙拳頭傷痕累累；他舉臂翻掌，掌心黑墨濺開；他伸指沾墨畫咒，凌空畫出數枚光符，符圈又躍出凶悍猛犬。

倏、倏倏──

長門一面往店外退，一面撥弦，撥出光鞭銀浪，將數隻巨大凶犬打得滾了個老遠。

「不夠、不夠、不夠！怎麼那麼少隻？鳥兒呢？鳥兒出來幫忙呀？鳥兒怎麼畫？怎麼畫？啊！想起來了！」青年大步往前，踏過傾倒的貨架、踩扁散落的物品，揚掌畫咒，朝空一撒。

閃耀符光中竄出一隻亮紅色的火鳳凰，揚頸高鳴，振翅撲向長門。

轟！銀浪擋著鳳凰，炸出一團光爆。

長門趁著這光爆，拉著張意，翻身躍出店外的夜市街道，左右看著，還沒來得及逃，數隻巨犬又四面圍了上來，只得提琴再戰。

「還是不夠不夠不夠！」青年氣呼呼地跺著腳，大步往外走，一會兒搥搥自己的腦袋、一會兒盯著手掌氣罵：「不是有個咒，可以一發幾十隻狗嗎？到底是什麼？快想起來，是不是懶……懶人……爲什麼我會忘了呢？臭小子你想起來了沒？你是誰？我是誰？」

「哇，找到你了！」「啊，你在這裡！」

兩聲呼喊自另一邊響起，青年轉頭，只見一個黝黑青年朝他奔來，身後還跟著一個亂髮青年。

盧奕翰跟夜路。

「又離！」盧奕翰指著青年大叫：「你怎麼在這裡？你跑去哪裡了？你知不知道這陣子我們都在找你？大家還以爲你們……」

「媽的，差點幫你招魂了。」夜路也大叫：「又離你在幹嘛？你跟誰打架？」

「又……離？」青年正指揮著巨犬和鳳凰追擊長門和張意，聽他們朝著自己喊，像是想起了什麼，轉頭瞧了瞧盧奕翰和夜路。「你們叫誰呢？」

青年只一恍神，長門立時反擊，撥弦甩動光鞭銀浪打散三隻巨犬、翻倒兩隻巨犬，然後快速輕彈出數股銀流，凝聚成團，跟著甩動三味線琴身，那銀團倏地竄成巨柱，轟隆擊向青年。

「哇！」青年陡然一驚，轉身抬手去接。這銀柱力大無窮，青年竟格擋不住，讓那銀色巨柱撞上胸口，不住地後退。

「獅子砲——」夜路急急奔來，舉起右掌，對準那抵著青年身子的銀柱。他右掌竄出的鬆獅魔腦袋大口一張，一聲巨吼，吼出雄渾震波，轟隆擊碎那銀柱。

「他們有幫手……」張意駭然大驚，急忙轉身想逃，才奔不到兩步，便感到後頸一疼，伸手去摸，熱燙如火，知道是摩魔火不准他跑，連忙止住腳步，辯解：「老大沒教我怎麼打架呀！」

「白痴，轉身啊！」摩魔火不知何時攀上張意的右手臂，化出原形。

張意急忙轉身，只見一頭巨犬不知什麼時候衝到他面前，朝他凶猛撲來。

「拳頭對著他！」摩魔火轉到張意的右拳上，八足抱著張意手指，後背紅毛燃動大火，轟隆燒出一圈圓形火盾。

張意本能地舉著拳頭，只感到一陣衝擊撞上他的拳頭，是摩魔火以火盾擋下了那巨犬。

「這不是流氓打架，千萬別背對敵人。」摩魔火說：「在異能世界裡，跑得快沒用，人家會飛會跳，還會放咒施法，知道嗎！」

「是……是是！」張意驚恐之餘，見摩魔火從他的右拳跳到左拳，然後在他的身上繞了繞，爬過他的胸腹後背臀，又繞過他的雙腳，最後攀回他的腦袋上。

另一邊，長門見銀柱被夜路的獅子砲擊散，感受到那鬆獅犬魔的強大魔氣，不敢輕舉妄動，小心翼翼地緩步遊走，輕撥琴弦。

幾股銀流緩緩地在她那柄三味線音箱前凝聚成光團，長門又走幾步，突然彎腰弓膝，揚起銀撥連彈數下，勢如拔刀快斬。

幾道銀光飛快地射向夜路。

「擋、擋——」夜路驚慌地舉起雙手，鬆獅魔和有財一起探出頭；鬆獅魔張嘴巨吼，有財甩動光鬚，將射來的銀光擋下或者格開。

「又離，你怎麼了？」盧奕翰奔到那青年身邊，扶著他的身子，急切地問：「你到底……」

「你誰啊你？你認錯人了老兄！」那被盧奕翰和夜路喚作「又離」的青年，一把推開盧奕翰，朝著夜路破口大罵：「喂，你這傢伙插什麼隊？老娘打架你來搗什麼亂？」他說到一半，突然一愣，大笑起來。「我想起來啦，是懶人手——」

他邊笑邊揚臂張掌，掌心飛濺出黑墨；他曲指點墨畫咒，兩道符籙光陣繞上他的雙手，在雙臂上各自幻化出六隻小手。

他揮動雙臂快速畫咒，十二隻小手也跟著畫咒，十四道符籙光陣凌空閃現，七頭凶惡巨犬與七隻火鳳凰一起竄出光陣，同時竄向張意、長門和夜路。

「哇靠，是天希奶奶呀——」夜路駭然大驚，連忙舉起雙手，鬆獅魔和有財同時竄出手掌。鬆獅魔張口咬著一隻撲來的巨犬，有財甩出鬍鬚圈圈捲倒另一隻巨犬，夜路隨即讓第三隻巨犬撲倒。那巨犬吼叫一聲，就往夜路的腦袋咬去，卻被鬆獅魔一聲吼得飛散成光灰。

另一邊，長門快速撥弦，鞭爆一隻隻火鳳凰，但眼前竟又蹦來七隻全身墨黑的暴怒猴子，跟全身燃火的古怪兔子；那墨黑猴子齜牙咧嘴地胡亂扒抓、古怪兔子一碰上銀浪就爆炸。長門鼓動全力，打翻這些猴子和兔子，但新一批的藏獒、高加索、比熊犬、德國狼狗等巨犬卻再次朝她衝來。

「這些傢伙沒完沒了！師弟，你全身放鬆，聽我指揮——」摩魔火在張意頭上扭了扭身子，張意只覺得手腳像被捆著般，無法任意行動，原來剛才摩魔火在他身上繞了一番，是要將蛛絲纏上他的四肢軀體，爲的便是要像此時這樣如操縱玩偶般地操縱他的身體。

張意像是換了個人般地靈活起來，先翻了個筋斗，閃過一隻撲來的爆炸兔子，接著一記旋踢，踹倒一隻怪異黑猴，再躲開巨犬和火焰大鳥。

他這幾下被摩魔火強制操縱使出的動作，自然不如電影中的絕世高手那樣瀟灑帥氣，而是僵硬古怪，再配上他一臉驚恐表情和因筋骨動作超出他身體習慣而發出的哀號，顯得滑稽好笑。

長門急促撥弦，抖出一波波銀浪，衝開那些術獸，同時替張意打退幾批更加兇狠的攻勢。

「哈哈哈！」青年見他的法術將眾人逼得猶如小丑般蹦蹦跳跳，不禁捧腹大笑，隨手又撒出一波術獸，將長門等人團團圍住。

「妳是天希？妳在幹什麼？爲什麼連夜路也打？」盧奕翰一把抓住青年的胳臂，立時感到青年的胳臂傳來一股怪力要將他翻倒；他不敢大意，吟咒施法，化出銅皮鐵骨，牢牢地抓著青年的雙臂，不讓他繼續施放術獸攻打夜路等人。

「好呀，一個接著一個找老娘打架，一起上好了！」青年哼哼兩聲，屈指畫咒，背脊上隨即竄出一副奇異骨架，附在他身後，一道道墨色符紋在他周身流竄。

「喝！這是『力骨咒』——」盧奕翰駭然大驚，只覺得青年的力量陡然暴增，跟著感到天旋地轉起來，原來自己讓那青年給扔上半空，轟隆地撞在一間店面牆上。

「奕翰！」青蘋跟在兩人後頭，見到盧奕翰被重摔在地，立時奔來扶起他，再從背包裡取出一圈草藤，抓著一端甩開；那草藤有三公尺長，藤上連著一片片心型大葉，是她那神草黃金葛。

這些天，她已經能夠隨心所欲地操縱黃金葛生長和「截斷」，被截斷的黃金葛，藤身能夠當成鞭子使用，葉子則能當作炸彈扔擲，再配合咒語爆破，截斷之後的黃金葛不會再長，但力量能夠維持一段時間。

「別過去，妳不是她的對手……」盧奕翰見青蘋想上前參戰，連忙拉住她，說：「她就是我們之前跟妳說的……狐魔硯天希。」

「什麼！就是她！」青蘋瞪大眼睛，這才知道眼前那穿著睡衣加棒球外套、腳踏拖鞋、囂張癲狂的青年，就是盧奕翰和夜路這幾天對她說的好幾個冒險故事、好些個奇異人物當中，一對令她印象深刻的奇妙愛侶。

青年夏又離，和住在他身體裡的百年狐魔硯天希。

青蘋對他們的故事極感興趣，做足了好幾頁筆記，知道他倆共用一副身體，然而此時她可全無閒暇去回想筆記上的隻字片語，畢竟真實對象活生生地出現在眼前，還打得天翻地覆、亂七八糟。

「饒命啊，天希奶奶，我不記得做過得罪妳的事呀？」夜路胡亂地舞動鬆獅魔，鬆獅魔連聲狂吠，吼出一記又一記巨大的震波，轟散四面八方撲來的巨犬和火鳳凰。

「天希奶奶？我叫天希奶奶嗎？」青年亂蹦亂跳，瘋瘋癲癲地奔到夜路身前，一把掐著鬆獅魔嘴巴，盯著鬆獅魔猛瞧，興致昂然地說：「你這隻狗怎麼這麼兇？比我的狗兒兇多了，可以送給我嗎？這狗現在是我的了，出來，換我當你主人！」青年邊說，一手揪著夜路的胳臂，一手抓著鬆獅魔的耳朵，想將鬆獅魔從夜路的掌中拔出。

「哇！鬆獅魔快躲回去。」夜路只覺得胳臂被青年扯得劇痛難當，連忙催促鬆獅魔躲回到他的身體裡。

「你把狗藏哪兒去啦？」青年見那鬆獅狗頭縮回夜路手中，可沒打算放棄，揪著夜路的胳臂擰擰拗拗。

「哇！天希奶奶、天希女王……妳別這樣啊，妳喜歡鬆獅魔，我改天想辦法把他弄出來送妳，妳別這樣硬來啊……」夜路痛得哇哇大叫，連聲求饒。

「想逃？」青年轉頭瞥見另一邊的長門終於打退那幾批術獸，正想帶著張意逃跑，便揪著夜路，嬉笑地追了上去。

「我有說你們可以走嗎？」青年邊笑邊畫出個古怪符籙，雙手一拍，抹抹屁股，臀部陡然竄出兩條數公尺長的黑色尾巴，分別捲著了夜路的雙腕和張意的腰間，像是將他們當成了獵物戰利品、想帶回巢穴一般。

「眞是條瘋狗！」摩魔火氣得大罵。

「你這蜘蛛瞎啦？我不是狗，我是狐。」青年嘿嘿地笑。

「我管你是狐是狗，我們究竟哪裡得罪你了？」摩魔火拉動蛛絲操縱張意，回身一拳打在那青年臉上，卻痛得張意哇哇怪叫起來。張意在全無準備下，被迫揮拳打人。摩魔火那操縱力道遠超過他的肉體極限，他只覺得手指劇痛，大概是挫傷了。

「你說話得罪我、你跟那些壞老鼠串通得罪我、你……打我一拳是吧？」青年聽摩魔火那麼問，便細數起他們的罪名。他說到一半，抹抹臉，見指尖鮮紅，這才知道張意的那拳打在自己臉上，打得流下了鼻血。

青年一拳勾向張意的腹部。

長門彈來的洶湧銀浪，即時攔在張意和青年那勾拳之間，成了團緩衝墊子，替他承受了九成力量；儘管如此，張意仍被青年那勾拳剩餘的一成力量給勾得雙腳離地，騰空浮起。

他摔落地面，只覺得肋骨處劇痛得令他喘不過氣，同時脾胃翻騰，哇的一聲，將剛剛吃下肚的小吃全吐了出來。

「哈，被我打吐了。」青年被張意的狼狽模樣給逗得笑了，跟著轉頭盯著長門，說：「接下來換妳了，我要把妳也打吐。」他這麼說的同時，身形一閃，朝著長門猛衝而去，順手畫咒撒出一批巨犬和潑猴。

「！」長門緊急撥弦，彈出一道道銀光與青年大戰。青年此時背上架著那副怪異人骨，渾身黑咒竄流，力量和速度都比先前更快上許多，不時隨手發出一大片術獸助陣。

長門和青年大戰一陣，漸感吃力，突然眼前一閃，青年已竄到了她面前，又拍拍屁股，化出第三條黑色尾巴要捲她的小腿，同時還伸手要搶她那三味線。「妳這小琴我要了。」

長門見青年要搶琴，疾退數步躲避，但見前後左右那些惡犬、潑猴、爆炸兔子和大火鳥全圍了上來，退無可退，只能朝地面撥弦，踏上自己彈出的銀浪，順勢躍上高空。

但青年早一步甩出黑尾，捲上她的腳踝，將她拉摔下地。她連忙撥弦彈琴，想發銀刃斬斷黑尾，但青年已竄到她面前，一把握住她持撥的右手，使她無法再彈琴。

「妳長得好漂亮，像個小娃娃似的。」青年盯著長門的臉蛋嘿嘿笑了幾聲，揚起拳頭，準備將她也打吐。「妳吃晚餐了嗎？讓我看看妳吃了些什麼？」

「硯天希，妳講不講理？」青蘋遠遠地朝著青年大喊，說：「他們說妳活潑外向但心地善良，絕不會隨便欺負人！」

「妳是在跟我說話？妳也要找我打架？」青年轉頭，望著青蘋。

此時她外觀看上去，仍然是青年模樣，但臉孔不時閃動著狐狸面貌的幻影。

「那……讓妳先吐好了。」青年哼哼一聲，抓著長門的手腕，兩條黑尾捲著張意和夜路，幾步竄到青蘋面前；同時指揮大批術獸，將青蘋和盧奕翰團團圍住，笑嘻嘻地握起拳頭，要搥青蘋的肚子。

「呀！」青蘋哇的一聲，還沒反應過來，盧奕翰即時攔來，搶著挺起自己的小腹，替青蘋擋下這一拳。

青年揮拳的動作看上去不甚起眼，卻拳拳力逾千斤，打得盧奕翰臉色發青，幾乎也要嘔吐。若非他在接拳之前讓小腹皮肉化爲鋼鐵，否則別說嘔吐，恐怕要送醫住院了。

青年又揚出兩條新的黑色尾巴，分別纏上盧奕翰和青蘋的腰間，得意地旋轉身子，擺動食指點擊他們的腦袋，像是清數自己今晚捕獲了多少獵物般地得意洋洋。

長門和摩魔火自然不甘被青年這般玩弄。摩魔火操縱張意掄拳猛擊青年的腦袋；長門一手被青年握著，一手提著三味線，便對著青年頂膝踢腿。

青年扭頭擺腰地閃避這些亂擊，即便被打著，也笑嘻嘻地彷彿不痛不癢。長門有某幾招以三味線柄刺向青年眼睛的重擊，甚至被同樣給青年捆著的盧奕翰擋下。這讓長門和摩魔火認定了盧奕翰和夜路也是敵人。

摩魔火對著夜路和青蘋吐出紅火，夜路喊出有財以刺鼻的貓毛煙霧還擊。長門飛腿踢盧奕翰；盧奕翰一面閃避長門的踢擊，一面以鐵臂替青蘋擋下摩魔火暴怒亂炸的火團。

神官飛在空中，急切焦慮，一心想助陣幫忙，但好幾次都差點讓眾人的拳腳波及；他飛繞半晌，不時回頭瞪視那飛在他後頭、不停地和他說話的英武。

「老兄、老兄，你是白文鳥嗎？你怎麼不理我？你怎麼那麼大一隻？我這輩子可沒見過這麼大隻的白文吶。」英武自知插不了手，只飛在戰圈上方觀戰，見對方也跟著隻奇異白鳥，便飛去搭訕。「你們哪條道上的？到底爲了什麼打架？」

神官讓英武纏了好一陣，始終不理不睬，但聽英武喊他白文，這才不悅地開口：「我不是白文，我是九官。」

「九官？」英武訝異地說：「我沒見過白色的九官，老兄，你是突變嗎？」

「你媽才突變。」神官冷冷地應：「滾開。」

「你幹嘛突然罵我媽呀？」英武氣呼呼地加速追去和神官理論。神官急切之下，見底下長門對盧奕翰、夜路等人出手，早認定這批傢伙全是敵人。此時英武一再逼近，他突然在空中急停，回身抬爪往迎面追來的英武的腦袋抓去。

「喝！你講不講理？」英武沒想到神官說打就打，閃避不及，被神官抓去腦袋上的幾根彩羽，氣得張爪反擊。

神官和英武的體型相近，一白一彩，兩隻鳥揮爪互抓，兩張喙像是鬥劍般地你來我往；神官那喙又利又準，連續格開英武的啄咬再成功反擊，啄下英武好多彩羽。

「混蛋，老子不發威你當我鵪鶉！」英武被神官啄得痛了，又見神官啄去自己胸頸前一堆彩羽，氣急敗壞地雙翅一振，向上衝起，自個兒也啄下一根紅羽，朝著神官吐去。

那紅羽在空中炸出耀目紅光，神官被那片刺目艷紅映得什麼也看不到。英武趁勢衝去，抓著神官雙翅，將他按上街旁的一處招牌上，以喙還擊，啄下他好幾根白羽，還氣呼呼地罵：「你拔我毛，我也拔你毛，怎樣，你投不投降？」

英武啄了幾下，見神官頸後那對九官鳥慣有的肉瓣，紅通通地十分醒目，便張喙去啄，還一面取笑：「人家九官都是黃耳朵、就你紅耳朵，還說不是突變，你這白毛突變，看我咬爛你的耳朵！」

「你們怎麼那麼有趣呀！」青年見本來處處與他作對的幾個人，竟自己打成一團，連兩隻鳥都鬥得不可開交，樂不可支；正想再玩些花招，逗逗眾人，突然眼神一變，緊張起來，齜牙咧嘴地像是嗅著了貓味的老鼠般，左顧右盼起來。

「老王八蛋來了——」青年低吼一聲，拔腿就跑，跑了幾步覺得腳步窒礙，這才想起身後還拖著數人，索性唸咒收法，截斷那些黑尾巴，一堆戰利獵物通通不要了，縱身飛躍上一處公寓的鐵窗，翻上屋頂，一溜煙地跑不見了。

底下摔成一團的張意、長門、夜路、青蘋、盧奕翰癱坐在地上，彼此大眼瞪小眼。

「沒事了沒事了，年輕人打完架吃個宵夜，別再鬧了。」寶山余老闆和老闆娘佇在店裡觀戰半晌，見戰事平息，這才出來打圓場，說：「住民大會快開始了，要去旁聽的準備準備，沒興趣的早點回家休息。這陣子夠亂了，別亂上添亂啦！」

那些圍觀的住民、異能者聽余老闆這麼說，便紛紛散開，像什麼也沒發生一樣。他們不知長門、張意等是什麼身分，只知這陣子四指殺手紛紛進駐華西夜市，誰也不想惹禍上身。

長門急急起身，撥了撥手上的銀戒，嚇得盧奕翰和夜路也趕忙蹦起，以為她還想打。但見天上落下一個白影，撲進長門懷裡，是神官；長門抱著神官，朝張意使了個眼色，兩人轉身就跑。

盧奕翰和夜路見他們跑遠，鬆了口氣，拉起青蘋，檢視彼此的傷勢。突然聽見上方一陣哭聲，抬頭望去，只見一處招牌上又滾下一個東西，哭哭啼啼地在地上打滾，是英武。

青蘋連忙趕去，捧起英武，只見英武的頸際胸口羽毛稀疏，全身沾著怪異酸液，發出刺鼻的惡臭。

「我的眼睛、我的眼睛，那突變弄瞎了我的眼睛——」英武用翅膀摀著眼睛嚎啕大哭。三人連忙將他帶去豆花店，向青蛙老闆要了水，替他清洗身上的那些酸液。

「咳咳，卑鄙、齷齪、下流……」英武躺在青蘋的雙掌裡，邊哭邊罵：「竟然用這種下三濫的招數，我的眼睛瞎了……我再也看不見東西了，嗚嗚……嗚……咦？」

他悲憤地大哭幾聲，突然啊呀一聲蹦起，揮動一雙翅膀在眼前拍拍撲撲，一會兒遮住左眼，一會兒遮住右眼，驚訝地說：「原來我沒瞎呀，我看得見……兩隻眼睛都看得見，哈哈。那隻突變種的把戲傷不了我，只能臭我。笨蛋、爛貨、突變，下次要是讓我見了你……」

「你們剛剛說那人是硯天希？」青蘋輕輕拍著英武的背，安撫著他，一面抬頭問：「所以……那身體的主人，夏又離怎麼了？」

夜路和盧奕翰相視一眼，搖搖頭說：「不知道。」「他失蹤了好長一段時間，我們也是剛剛才見到他。」

「你們剛剛怎麼不想辦法攔下他。」青蘋取出隨身筆記本，翻到寫著夏又離和硯天希的那幾頁內容。據夜路說，夏又離是個胸無大志的平凡青年，日復一日地過著平淡人生──讀書、考試，考不好、重考；硯天希則是隻百年狐魔，她父親更是異能者世界裡無人不知、無魔不曉的千年大狐魔。

他們共用一副身體。

更精確地說，是狐魔硯天希被法術封印在夏又離的身體裡超過十個年頭，她在他不知情的情況下，陪著他一同長大，看著他貪吃玩耍、看著他生病打針、看著他日漸長大喉結突出聲音開始變化、看著他暗戀班上女同學、看著他躲在房間裡偷翻成人書刊然後自慰……

夏又離從來也不知道自己的身體裡住著一隻狐魔。

直到某一天，厭倦了平凡人生的夏又離，無意間從家中倉庫翻出一本日記，那是他叔叔的日記。

他叔叔曾經是四指成員。

是安迪的好友。

安迪便是製造出這黑夢結界的黑摩組老大。

夏又離不僅獨自修煉起日記上的法術筆記，還找到了四指聚會地點，認識了安迪、邵君等人，也終於發現自己身體裡的狐魔天希。

當時身爲異能者輔導員、負責監管各地新興異能者的盧奕翰，因此盯上夏又離，他們周旋了一段時間，對立甚至戰鬥。

直至夏又離終於忍受不了黑摩組那種種匪夷所思的行徑，正式與黑摩組決裂，在經過一場慘烈的大戰之後，成功逃離黑摩組據點。

夏又離和硯天希脫離黑摩組後，成爲靈能者協會列管的異能者，偶爾也接手一些協會發出的神祕案件，協助處理妖魔作亂，賺取酬勞；經手的中間人正是夜路，而負責關切案件進度的協會組員便是盧奕翰。

這也是爲什麼剛才盧奕翰冒著危險，替那青年擋下長門不少記凌厲攻擊，即使夜路被整得慘兮兮，也不下令鬆獅魔對那青年強攻的原因。

他們不但在工作上有合作關係，也是共同經歷不少次生死冒險的夥伴。

「她瘋成這樣，怎麼攔啊……」夜路無奈地攤攤手。「她沒玩死我們就謝天謝地了。」

夏又離雖然脫離了黑摩組，但他的身體曾經受到邪咒影響，與體內狐魔天希的共存狀態極不穩定。

有時他倆一人控制上半身、一人控制下半身，或是各自控制左半身和右半身，嚴重時甚至兩人都無法控制身體。因此，他們得定期前往靈能者協會附設醫院接受治療，注射能夠穩定肉身的特製點滴，平常也必須定時服藥。

數週前，協會大樓遭到黑摩組突襲陷落，何孟超領著殘存協會成員逃出大樓，當時正在接受治療的夏又離，卻未跟著大夥兒一同逃出，就此失聯。

協會事後雖然大舉尋找夏又離及其他失散的夥伴，甚至另外聘僱其他異能者共同協助尋人，但始終沒有夏又離的消息。

盧奕翰和夜路有時甚至悲觀地認為夏又離或許已被黑摩組俘擄，甚至在大戰時戰死。

「他們有可能被黑夢影響了腦袋。」夜路喃喃地說：「所以瘋成那個樣子……」

「硯天希不是百年狐魔？」青蘋問：「怎麼還會被黑夢影響。」

「那跟修行無關，跟體質有關。」夜路蹲在豆花店外，望著街上的霓虹招牌。「每個人、每個鬼、每個魔的體質都不同，對各種法術的承受度也不同，或許他們特別容易受影響，也或許跟他們身上原本的邪咒有關，總之他們就是瘋啦，唉……」

「今天最大的收穫，或許就是知道他們還活著……」盧奕翰撥打電話，將夏又離竟在華西夜市出現的消息，回報給協會據點。

「喝！」夜路倏然站起，盯著鬧街那側走來的那隊人馬，連忙以肘輕頂盧奕翰。

盧奕翰順著夜路的目光望去，見到了那批人，臉色大變，匆匆結束了與協會的通話，拉著青蘋和夜路退入豆花店裡。

青蘋望著街外，只見那隊人馬浩浩蕩蕩地大步走來。

帶頭的那人個頭矮小，一身黑色斗篷，罩頭大帽遮住了大半邊臉，只露出一個眼睛。

那隊人馬經過豆花店時，其中有好幾個都往店裡看來，默默望著盧奕翰和夜路幾眼，也沒說什麼。

只有隊伍裡的一個妖魅女人，對盧奕翰笑了笑。

盧奕翰瞪著她，露出微微怒色。

青蘋見那隊人往俱樂部的方向走去，每個人手上的無名指都戴著戒指；等他們走得稍遠，便悄聲問：「這些人是四指，對不對。」

「四指拳袈組。」盧奕翰點點頭。「很凶悍的一批怪物。」

「我們和他們打過。」夜路補充：「真是場惡夢。」

06 來來發大賭場

極暗的小巷裡，張意滿頭大汗、臉色青慘，虛弱地倚牆坐著。

長門持著三味線，蹲跪在他的正前方。

「師弟，別垮著一張臉。」摩魔火攀在張意腦袋上訓話。「在這日落圈子裡，你越是示弱，越有人想來欺負你，騎在你頭上、踩著你的臉，你得擺出強悍的樣子，大家才不會來惹你。」

張意痛苦地回答：「師兄，我待會兒可能幫不上忙啦……我全身上下都好痛，手也好痛……我的骨頭都要散開來啦……」

「你想太多了，師弟。」摩魔火嘿嘿笑著說：「只有死人的骨頭才會散開來，活人骨頭哪有那麼容易散，骨頭很硬朗的。」

「他的骨頭比我的骨頭硬多啦……」張意舉起雙手，只見他的一雙手腫得誇張，原來摩魔火剛才以蛛絲纏繞他的四肢，強迫他揮拳和那青年戰鬥。

他那雙未經鍛鍊的拳頭打在青年臉上、身上，對方不痛不癢，反倒是讓自己的一雙拳頭指骨、關節嚴重挫傷。

「哦，只是小破皮嘛……」摩魔火見張意雙手傷得嚴重，不免有些心虛，隨口敷衍地說：「我們這世界就是這樣，白天打打殺殺，晚上睡一覺，早上起來就沒事了。」

「小破皮？師兄，你自己看看……」張意噫噫呀呀地掀起上衣，露出側邊胸肋周遭那好大一片烏青瘀腫，是剛才青年勾在他身上的一記重拳造成的，那時長門雖然彈出銀牆替他承擔了大部分力量，但仍然在他身上造成這嚴重瘀傷。

叮、噹噹……

清澈沉靜的弦音響起，長門輕輕撥起了三味線。

弦音先是凝聚成團，再散溢開來，化爲絲絲涓流，捲上張意的腰腹胸肋，和他那雙瘀腫雙手。

張意吸了口氣，感到一陣沁心冰涼透體傳入全身，縈繞著他的五臟六腑卻不至於讓他覺得寒冷。一波波的銀流在他的胸肋和雙手傷處推整他移位的骨節，撫揉他瘀腫的皮肉。只不過幾分鐘的時間，便讓他身上的疼痛一下子減輕了大半。

那一陣陣弦音並非僅有治癒的效果，而是首完整的曲子，充滿濃厚的東洋風情，柔美而哀傷。

舒暢朦朧之際，張意感到自己彷彿回到了過去，回到了那個媽媽還在的歲月裡。那是他六、七歲大時的時光，每當他在小學受人欺負、受了委屈，放學號哭回家，總會撲進媽媽的懷裡訴苦。

那時的哥哥會花很長的時間，向媽媽說明打鬧是如何產生，自己是如何英勇地保護弟弟，媽媽會一直聽，一直輕拍他的背和臉，直到他睡著為止。

滲入他體內的銀流彷如媽媽替他加油打氣的手；柔美的曲子彷彿媽媽在他耳邊呢喃要他勇敢的話。

「師弟。」摩魔火拍著張意的額頭，說：「有那麼痛嗎？痛到你都哭了……」

「……」張意呆愣愣地睜開眼睛，見長門正將三味線收入長箱中。

神官振翅說：「長門小姐說如果你有需要，她可以花更多時間替你治療，但不是現在，而是在工作結束之後，現在她的魄質需要花在這次的任務上。」

「是……」張意看看自己的雙手，張開拳頭再握合，雖然仍會感到痛楚，但消腫許多，已能自由張合拳頭；他又按了按胸肋處，斷骨劇痛也減弱了八成，已不致於痛到嚴重妨礙行動。

他抬頭望見長門清澄的雙眼，連忙站起身，向她深深鞠了個躬。「非、非常謝謝妳……」

「師弟呀，我說你眞是走運，女人家終究心軟，她不忍見你受苦，耗費珍貴的時間和魄質替你治療，你得報答長門小姐，待會兒要盡全力幫助她、幫助我們、幫助伊恩老大，知道嗎？」摩魔火老氣橫秋地對張意說教：「過去我見過無數男子漢，打落牙齒和血吞，斷手斷腳缺肝落腎也繼續爲了理想戰鬥，這才是男子漢呀！」

「缺肝落腎……」張意像是十分在意摩魔火的那番話，他絕難想像一個人拚到缺肝落腎會是什麼狀況。

「是呀，懷疑嗎？缺肝落腎、裂心爆肺、胃破腸流、脾碎膽炸、腦蝕眼飛呀！見多你就習慣了，師弟。」摩魔火拍著張意的腦袋，說：「別抖了，我們準備出發去偷大金庫了。」

十五分鐘後，他們繞回俱樂部入口那巷道。

俱樂部入口依舊出入複雜，有人興致高昂地進去，有人失魂落魄地出來。俱樂部裡有間大賭場，供華西夜市止戰區裡那些大鬼小鬼、大妖大魔、各地異能術士以魄質作爲賭注，進行一場場的豪賭。

張意和長門跟著人潮，排在幾個提著大袋奇怪罐子的大漢之後、一批蒙面怪人之前，經過那俱樂部守衛身邊，走入入口那紅色小門。

幾個守衛除了佇在門口眼觀四面外，像是一點也不關心那些出入分子的身分和目的。

大夥兒進入窄門，走上猶如一般小公寓的樓梯，走上三樓，又進入一扇小門。

小門裡，卻不是尋常公寓人家模樣，而是一處猶如老舊里民活動中心的大廳。這大廳有二十餘坪大，牆邊立著幾面畫有週曆格線的白板，天花板上懸著幾座舊式旋轉電扇，角落有辦公桌椅和接待人員，牆邊擺著一排板凳，坐著些長相奇特的老鬼老怪，悠哉地喝茶閒聊。

大廳的另一端有扇門，連接著左右長道。張意和長門隨著人群往賭場方向走，沿途經過幾扇大門，每扇門旁都掛著小招牌，有「餐廳」、「ＫＴＶ」、「圖書館」和「電影院」等字樣。

那些門上有小窗，張意不時地往窗裡望，只見裡頭都是些老舊設備，餐廳內部像是老舊公司行號的地下合作社，ＫＴＶ是個只有兩排座椅的簡陋小包廂，圖書館裡寥寥幾座書架，電影院才比ＫＴＶ大上一些，座位處空無一人，只有兩個小鬼在大螢幕前翻來躍去，笑呵呵地讓自己的影子和螢幕裡的角色共舞。

長道的盡頭是樓梯間和廁所，往上的樓梯旁立著一塊立牌，上頭寫著——

今夜臨時會議與會者請向上，前往二樓大禮堂

華西夜市管理委員會敬上

向上通往二樓大禮堂的梯間轉折處，站著一個四手大漢，扠手倚牆站著，盯著往來人群。

往下的樓梯牆上，則貼著幾面小看板，每個板子上寫著不同字樣，拼湊起來是「來來發大賭場」。

大部分的人流都往下走入來來發大賭場，或是從那兒離開。

「原來這裡算一樓啊……」張意和長門隨著人流走向通往賭場的樓梯，看著牆上偶爾張貼的設施地圖，知道這俱樂部裡的空間和樓層概念，都與外頭不同。這兒的大廳及周遭廊道都算是一樓，賭場位於地下一樓，會議則在二樓大禮堂進行。

剛才自夜市巷弄中進來的那入口、那矮小公寓和狹窄樓梯，與此時俱樂部的內部構造毫無關連。

「我說師兄……」張意掩著嘴，低聲對摩魔火說：「這個地方跟鄉下小學一樣，誰都能混進來，安不安全啊？」

「安全？」摩魔火說：「整個華西夜市都是止戰區，沒有安不安全的問題……剛剛那個瘋子的情況特殊，別擔心，這俱樂部是整個止戰區最安全的地方，華西夜市的長老、保鏢們都在這裡，誰敢進來鬧事啊……」

「我是指……」張意說：「如果黑摩組的人也混進這裡，不是很危險嗎？」

「這是不可能的。」摩魔火說：「黑摩組之所以強大，是仗著那可怕結界的威力；離開結界，他們沒那麼厲害。這個地方離黑夢核心地帶還有一段距離，現在四指殺手包圍了整個西門町，這陣子也有好幾批四指殺手來到這裡。黑摩組現在進來，等於是自投羅網。」

「是嗎……」張意跟著長門往下走，只覺得這樓梯竟十分長。他們來到一處大門前，門前站著兩個模樣古怪的大妖。

煙霧繚繞的賭場大廳呈長形空間，裡頭哄哄鬧鬧，中央處擺著十數張麻將桌，坐滿了賭客。出入口處一旁有兌換「籌碼」的櫃檯，那兒的櫃檯有專屬人員操作吸取魄質的工具，幫賭客將體內魄質抽入特製的罐子裡，作爲下注廝殺的籌碼。左側是骰子、撲克牌、天九、四色牌的賭桌，右側則是十來座吃角子老虎機台，和一些「小瑪莉」之類的老式賭博電玩；後方是休息區和小吃部，以及幾扇門，分別通往賭場內部辦公空間和地下庫房。

長門在兌幣櫃檯讓服務員自她手臂上抽取一些魄質，換成吃角子老虎機台的專屬代幣，分成兩疊，遞給張意一疊。

「長門小姐說，隨便玩玩，先玩個半小時。」神官這麼對張意說，此時他除了後背羽毛有些稀疏之外，說話反應都和平常一樣沉穩冷靜，一點也看不出不久前才和英武打了一架。

「師弟……進來之後就別亂說話了，這裡有些傢伙的耳朵很靈。」摩魔火提醒，還不忘補上一句：「別讓他們聽見你要打什麼牌。」

張意點點頭，知道摩魔火的意思是要他別無意間透露行動計畫。他什麼也沒說，自長門手中接過代幣，跟在長門身後，往吃角子老虎機台那側走去。只見大夥兒廝殺熱烈，有歡呼有怒吼。

這一陣陣賭叫喊聲讓他有些反感，讓他想起小時那些不好的回憶，想起早已遺忘的父親，是爲了什麼而被債主活活埋入土裡；想起他的叔叔，是爲了什麼離棄他們兄弟倆。

他抓著一疊代幣來到一處小瑪莉機台前坐下，看著上頭熟悉卻又有些古怪的圖案，投入代幣，隨手按選幾個圖案，再按下跑動鍵。

方形畫面那圈燈道開始依序閃滅，二十餘處區塊圖樣先後明滅數次，最後亮燈停留的地方，就是中獎的圖案。

他沒中獎。

他聳聳肩，無所謂地投入第二枚代幣。他刻意放慢動作，盯著機台螢幕上的每一處圖案，微微點頭或是搖頭，裝出仔細研究的模樣。他偶爾假裝不經意地轉頭，偷瞧後側休息區的動靜。長門以魄質兌換的代幣有限，他得放慢速度。

另一邊，長門的手氣倒好，投錢下注節奏並不特別緩慢，卻接連中獎，還將贏來的代幣再分給張意。

□

「今日與會者，前往二樓大禮堂……」青蘋盯著俱樂部梯間的那塊立牌，又望望一側牆上那「來來發大賭場」的幾個字板說：「所以上頭就是開會的地方？」

「是呀。」夜路點點頭。剛才他們見到四指拏架組隊伍經過，又見往俱樂部方向聚去的夜市住民和湊熱鬧的異能者越來越多，知道今晚的重要會議即將展開，便也混在人群中，想來探探消息。

夜路指著梯間那名四手大漢，說：「那傢伙叫『阿狂』，是來來發賭場發爺手下最厲害的圍事。」

「嗯，發爺就是你說的那隻厲害的貓老千是吧。」青蘋一面問，一面盯著小記事本上關於華西夜市的種種記事。

夜路嚇得連連搖手說：「什麼貓老千，發老爺這來來發賭場一向正道經營、享譽全台異能圈，我才沒有那樣說，妳一定是聽錯了。」

「喔，是我搞錯了。」青蘋見夜路慌張、盧奕翰臉色有異，立時醒悟在這人來人往的賭客群中，自然不該說賭場主人的壞話，尤其話題又和出千有關，那可關係到賭場的名譽。她隨即改口，但她肩上的英武卻隨口搭話：「青蘋，妳沒搞錯呀，夜路老兄確實說過來來發那隻老怪貓是個大老千，賭博只是他的表面嗜好，作弊騙人才是他的眞正嗜好，他是爲了作弊騙人才開賭場的。」他說到這裡，還回頭對雙眼大睜的夜路說：「早上你才在車上跟我們說的，你忘了嗎？」

「……」夜路恨不得一把掐死英武，但見四周有些人轉頭望向他們，只得狡辯：「我說的是我小說裡的角色，跟這個地方的人事物一點關係也沒有！好，我知道有些詞彙發音聽起來很像，但那都是我虛構的，你知道嗎？你這隻鳥知道何謂創作自由嗎？」

「創你個大頭鬼，你明明……」英武還想反駁，但被青蘋一把抓著，塞入提袋裡。

「這個地方不能亂說話，你想找死嗎？」青蘋瞪著提袋裡的英武。

「我是幫妳說話耶……」英武感到有些委屈，在袋子裡抖抖翅膀，小聲抗議。

「別囉嗦了，快上去。」盧奕翰不耐催促，三人一起走上「二樓」，隨著牆上的指示往大禮堂走去。

那大禮堂十分寬闊，有三、四座籃球場那麼大，挑高三層樓，有點像是學校裡的大禮堂或室內體育館，此時中央擺著十餘張矮几，圍成一個圓圈；圓圈已經坐滿了大半人，其中一部分是華西夜市長老，一部分是四指殺手代表。另外，在那圓圈外圍也坐著上百人，都是華西夜市長老們的嘍囉，或是四指代表的手下。

更外圍，也坐著不少人，大都是來旁聽的夜市居民。由於這場會議，不但要決定究竟該與四指維持何種程度的合作關係、對抗黑摩組的方法，也要決定華西夜市往後的營運路線、是否遷往他處等等。

由於這次夜市管委會會議有許多四指殺手代表與會，盧奕翰、夜路和青蘋不敢深入，只遠遠佇在圍觀居民後方。

他們依稀見到剛才那四指拏袈組的帶頭老大和幾名核心隨從已經入座，後方也有其他數批四指人士陸續進入這大禮堂。這數批四指殺手隊伍來自各地，當中有歐美、東南亞，甚至俄羅斯的人士。

這令盧奕翰和夜路在大開眼界之餘，也不免驚懼咋舌，他們從來未曾一口氣見到這麼多的外國四指人士齊聚一堂。

四指與靈能者協會向來水火不容，儘管他們知道今晚此刻，大夥兒爲了對抗黑摩組而來到這止戰區中進行會議，自然有暫時放下各種怨仇的默契，但是在各式各樣的異能者當中，瘋子還是不少，加上各國風俗習慣的差異，一個看不對眼翻臉廝殺，也並非沒有可能。

盧奕翰和夜路以眼神交流，偶爾透過手機傳遞訊息，都有默契要保持低調，盡量避免提起己方協會身分。

已經入座的拏袈組成員們，似乎不願繼續等待未到場的四指人士，其中兩人站了起來，走至圓圈中央。他們一男一女，男的高頭大馬，長相平凡，臉上倒是施了淡妝，一身花俏時尚的西裝，一點也不像是參與戰事會議，更像是參加時尚派對；女的臉色死白，眼眶凹陷黯淡，嘴上塗著紅紫色的唇膏，穿著一身格格不入的素色套裝。

「男的叫林大福，女的叫影魅。」夜路低聲對青蘋說：「林大福不喜歡人家叫他本名林大福，要叫他『傑生』。這個林大福是個魔術師；影魅擅長詭異的影子結界，她可以躲在影子裡面，像隻女鬼一樣。」

「他們兩個跟上次那個畫漫畫的矮子，還有那寫小說的眼鏡男，哪邊厲害？」青蘋這麼問。她猶自記恨著狂筆那時對她的羞辱，每每練習操使神草之術時，總以狂筆作爲假想的攻擊對象，恨不得再碰面時，要將他那短手短腳全都打斷。

「拜託喔！林大福跟影魅厲害多了。」夜路瞪大眼睛。「拳袈組這些人跟黑摩組的程度差不多——我是說一開始的時候啦，那時他們兩邊的差距不算太大，但是後來黑摩組那五個怪物的成長幾乎沒有限度，現在已經到了搞不清楚究竟有多恐怖的地步了。」

「至於畫圖矮子跟那個四眼假文青，大概是四指入門等級而已，走出結界，一點用也沒有。」夜路補充說：「我連鬆獅魔都不用派出場，派有財就足夠打死他們十幾二十次了。」

「夜路，你說這話……」有財聽見夜路說話，從他頸子上鑽出，揮著小貓爪抗議。「意思是說我比不上鬆獅魔？」

「不不不……」夜路若在他處，自然不怕與這老貓鬥嘴，但此時他不願引起注目，便隨口安撫有財說：「你們的長處不同，鬆獅魔有勇無謀、你神機妙算，我的意思是碰上那兩個菜鳥，無需鬆獅魔的武勇，只需你出幾條鬍鬚，就足以勒死他們了。」

「哼，我智勇雙全。」有財長住在夜路的身體裡，自然知道夜路滿嘴的違心廢話，但他終究是老貓一隻，懂得顧全場面，知道此時不是鬥嘴的時刻，便鑽回夜路的身體裡。

「老兄，你養的貓可真妙。」英武從青蘋的提袋裡探出頭來，對夜路說：「我以爲他只能從你的手鑽出來，沒想到還能從脖子出來。」

「何止脖子。」夜路隨口亂回：「屁股都行。」

「誰要從你的屁股出來！」有財忍不住將爪子伸出抗議。

「你們閉嘴行嗎……」一旁的盧奕翰忍不住用手肘頂了夜路的腰際一下。

「行。」夜路點點頭，遠遠地見那傑生和影魅輪流高談闊論，便低聲問：「他們談到哪兒了？」

「他們說，這一次聚集在這個地方的四指成員來自各國，語言不通，他們拏架組負責擔任溝通窗口，華西夜市有任何想法，以後可以直接對拏架組成員提出。」

「搞得好像辦奧運一樣……」夜路乾笑地說了兩句，見到影魅遠遠地望向他，連忙低下頭，不敢再出聲。

「我知道現在這個地方，各路人馬齊聚。」本名林大福的傑生，像個老練的秀場主持人般高聲地說：「其中還包括了協會的人。不過這都不要緊，重點是現在我們的首要目標，就是阻止黑摩組的安迪。要是讓安迪這樣繼續瘋下去，大家都沒戲唱了。協會不跟我們合作沒關係，只要華西夜市願意合作，完成『封鎖線』，就可以阻止黑夢繼續擴大。」

「四指派來一批結界術高手，我們要打造出一圈能夠媲美黑夢的封鎖線。封鎖線不但能夠阻止黑夢，還能向內反推，進而『吃掉』黑夢。」傑生這麼說：「當然，要製造一個這麼大的結界防線，可不容易，如果能夠與周邊現有的結界合作，就事半功倍了，而華西夜市止戰區正是首選。」

夜路和盧奕翰相視一眼，總算明白四指對抗黑夢的策略，是在黑夢外側打造一圈新結界，如同豎起一圈城牆，阻止黑夢持續擴大。

黑夢以範圍內的生靈魄質爲食，範圍越大，力量越強，若能阻止黑夢擴張，便等於阻斷黑夢的掠食管道，僅能依賴自身內部逐漸衰弱的生靈老本。

而「封鎖線」外，卻有一批又一批的四指成員，帶著新補給持續支援，用結界對抗結界，用豐厚的支援圍獵凶惡的餓虎。如此時日一長，即便強如黑夢，也終將耗竭殆盡。

然而，打造如此廣大的結界有其難度，直接與都市中的強力結界止戰區合作，自然是最快的方法。

「奕翰，我覺得這方法不錯呢……」夜路低聲說。

「……」盧奕翰靜默半晌，說：「如果……消滅黑夢之後，封鎖線不撤下怎麼辦？」

「他們當然可以不撤。」夜路說：「但正常的四指，不會瘋成這樣。」

「是嗎……」盧奕翰嗯了一聲，他明白任何黑道組織，即便僅有十數人的小堂口，都能夠輕易地一口氣殺死上百人，但實際上卻沒有黑道會這麼做，因爲無利可圖。

四指如同黑道，目的是謀利，而不是消滅人類，或是與靈能者協會全面開戰。全面佔領台北或者某個城市，那並不是四指成員的入會目的，這次四指大軍開進台北，是爲了救援被綁架的總頭目，及獵殺叛徒安迪。

「但……如果有潛在的瘋子有樣學樣，事後霸佔封鎖線爲所欲爲的話怎麼辦？」盧奕翰隨口問。

「那也沒辦法啦。」夜路聳聳肩：「如果眞有潛在的瘋子要發瘋，也必須擁有這封鎖線計畫的主導權，還得找著一群瘋子陪著他一起瘋。但我覺得這可能性極低，因爲封鎖線計畫如果眞能宰掉安迪，等於是殺虎儆猴，讓那些瘋子知道，連安迪這惡虎都栽了，小猴子還是安分一點。何況，就算這計畫有可能培養出新瘋子，也好過繼續放任現在安迪那些人亂來呀。」

「這倒是……」盧奕翰不反對夜路的說法。黑摩組行事手段的激進程度，已遠遠超出一般黑道，甚至是恐怖組織，只要能夠阻止黑摩組，即便過程中包含著額外風險，但是在利害權衡下，也已在所不惜。

「只是英國那些老頭，應該不願意跟四指一起打造封鎖線。」夜路這麼說。

「他們大概會嘗試在封鎖線外圍，打造第二圈封鎖線，這樣可以將四指跟黑摩組一網打盡。」盧奕翰說：「但是這樣子搞，力量就分散了。」

「對呀，而且越外圈範圍越大，還要考慮支援腹地，這樣等於要把三重跟中永和都圍進去囉……」夜路嘿嘿笑著。

「這辦法聽起來不錯，但……」一個坐在茶几一處的矮胖老男人突然開口，緩緩地說：「但是要讓四指的人進入夜市，使用我們積存多年的魄質力量，改造我們經營多年的地盤和家園，把我們熟悉的地盤改變成陌生的戰場，這不太好吧。」

「發爺。」另一邊的一個女人開口，說：「家園變成陌生的戰場，也好過變成墳場啊，四指不來，就是黑摩組進來啦……」

女人就是寶山老闆娘。

矮胖老男人，則是來來發賭場主人發爺。

「我們可以在變墳場之前，搬遷到其他地方。」發爺說：「我聽說南部有些地方也不錯，搬去那兒，重新經營，夜市重新開幕。」

「發爺，你又不是不知道。」另一邊有個怪模怪樣的老頭也開口：「華西夜市的老本，可不只俱樂部底下金庫裡的那些『籌碼』，還有這寶地底下源源不絕的天然魄質，你就這麼甘願將它拱手讓人？」

世界上有些地方，土地底下有著自然湧出的天然魄質，這些天然魄質猶如溫泉、好似地熱，源源不絕、有大有小。這些地方大都成爲老妖老魔們或強力異能者佔據下來的寶貴地盤，一代一代經營，成爲家族勢力或者猶如華西夜市般的公眾止戰區。

「你說其他地方有不錯的地，但不錯的地豈會無人，難道你要去強佔？」那老頭開口：「而且那黑夢可不會和你井水不犯河水，它會越來越大，你不試著擋下它，它仍然會逼到你的新家門口；到那時候，封鎖線就沒那麼容易拉了，你還能往哪兒逃？」

「各地的義士多得很。」發爺說：「何必要我們華西夜市強出頭？」

「你說我們夜市就沒義士啦？」「你不要只顧著你的賭場。」「你的賭場也是夜市共有的，你只負責主持而已……」夜市之中，不少人並不反對遷徙他處，但他們更怕四指，此時四指大軍壓境，又打著保護華西夜市、共同對抗黑摩組這面正義大旗，因此支持夜市遷徙的人不便多吭聲，只能任由支持正面對抗黑摩組的居民開口說話。

「我們絕對尊重不同意見。」傑生笑咪咪地說：「要走的人可以走，要留下的留下，要讓我們進來我們就進來，不讓我們進來我們也會跳過華西夜市，從夜市兩端拉封鎖線……當然，我們一旦判斷華西夜市有可能成爲漏洞，那我們也會啓動相對應的補救措施了。」

「什麼補救措施？」有人這麼問。

「不用問。」傑生笑著說：「答案你們一定不喜歡。」

夜市方的長老和與會者一陣靜默，四指立場至此已表露無遺，他們不反對黑夢周邊的各股勢力各自爲政、獨力對抗黑摩組，但若那些獨立據點抵擋不住，四指也毫不留情，他們絕對會主動入侵、強奪地盤，接手維持封鎖線的完整，絕不讓黑夢向外突破。

「發老貓呀……」那長老中的古怪老頭說：「俱樂部的資產不是你一個人的，就算你要走，也只能帶走一部分，跟著你的爛賭鬼應該不少，但加起來還是比現有夜市的規模小太多，你能走去哪兒？何況你只會賭、不能打，你那些爛賭鬼裡能打的也沒幾個。在這裡，大家敬你是長老，大家知道你那豐厚的賭場賭金要用來維持結界運作，自己人任你出千贏錢就當繳稅，你真當大家不知道你那亂七八招的花招？到了外頭，沒人護你、沒人給你面子，你覺得你還能用同樣的方式經營你的來來發嗎？」

「……」發爺聽那老頭說完，默默無語，低頭捧著茶猛喝。他知道這華西夜市如果散了，力量也不強了。更重要的是，即便現在四指表面上聲稱開放讓大家自由決定去路，但當真拒絕與四指合作，難保這些惡棍往後不會隨便找個理由上門尋仇，那時可是求助無門了。

發爺一想至此，偷偷瞥了對面拏絮組成員幾眼，只見他們一個個不懷好意地盯著自己賊笑，只好嘆了口氣，堆起笑臉，改口說：「你們別真當我老貓願意離家逃難，我只是不想我們這些認識一百幾十年的好街坊、好鄰居枉死在那些瘋子手上。但……既然要留下的人多，我怎麼能走，當然留下陪大家同生共死呀！」

本來同意遷徙的居民們，在四指殺氣騰騰地大軍壓境後，這才意識到原來要走也難，各個默默無語，再也不吭聲。

07 地下金庫

「師弟、師弟、師弟……」摩魔火低聲喚著張意。

張意盯著眼前小瑪莉機台上的一個押注格子，倘若押中那格子，便會落下五十倍的注金，這是整座機台注金賠率最高的一個格子、自然也是中獎機率最低的一個格子。

張意押了三枚代幣在這五十倍的格子上。

轉動跑燈經過這格子三次後又繞行大半圈，轉速開始緩慢下來。

「師弟、師弟、師弟！」摩魔火輕輕拍打張意腦袋。

登登登、登登登、登、登、登——逐漸緩慢的跑燈，慢吞吞地繞了大半圈後，又接近那五十倍的格子，當燈光落在五十倍格子的隔鄰兩格上時，張意以爲結束了，惋惜地拍了拍大腿，正準備投入新代幣，但那跑燈又「登」地往前推進一格。

「啊！啊啊——」張意又驚又喜，握緊雙拳祈禱跑燈再跑一格，只要再進一格，他那三枚代幣，便能變成一百五十枚代幣了。

又過兩秒，他重燃的欣喜再次冷卻；第三秒時，他嘆了口氣，知道這回合結束了，五十倍的格子於下注前近在咫尺，下注後卻遠在天邊；第四秒時，他感到後頸猛地刺痛，這才回神。

「師弟，你玩上癮啦？你不是最恨人賭博？」摩魔火壓抑著怒火，用毛足捏著張意的耳朵，在他耳邊說：「長門小姐已經要行動了，等著你啊！」

「什麼？」張意左顧右盼，見到長門早已離開她那吃角子老虎機台，繞到另一側人較少的賭桌附近，緩慢地往後方休息區走，不時在其他賭桌旁停下腳步，佇足觀戰。

本來一直站在長門左肩上的神官，此時換了位置，站到右肩上。

這是開始行動的暗號。

張意立時起身，慌慌張張地準備跟上。

「師弟，別緊張、慢慢來，你自然一點可以嗎？」摩魔火連忙叮囑：「往後走，假裝肚子餓。」

「喔……」張意來到休息區域，摸摸鼻子抓抓頭，瞥了幾眼那通往辦公區域和地底金庫的門，那門邊有個小櫃檯，坐著一名凶悍的大漢，是賭場的守衛。

張意回頭看看長門，卻見長門仍揹著琴箱悠閒地漫步，一會兒看人玩牌九、一會兒看人戰撲克，足足繞了五分鐘，才來到張意身邊。

張意正想問下一步如何進行，便聽見後方發出一陣陣驚叫。他回頭，只見剛才長門操作的那台吃角子老虎周遭，瀰漫起一團白煙。

白煙刺鼻，鄰近賭客各個掩住了口鼻，嗆咳起來。

跟著，數處撲克、牌九、麻將、骰子攤位，也紛紛漫起古怪煙霧。

全是長門剛才佇足觀戰之處。

辦公區域門口那大漢終於站起身來，狐疑地望著那幾處奇異煙霧。他身後的那門推開，衝出幾個員工，見了外頭這景況，也驚訝不已，以爲失火，連忙指揮小吃部員工手忙腳亂地提水要滅火。

幾個員工提著水桶衝入那些煙霧中，嗆得鼻涕眼淚都咳了出來，卻也找不到火源，只好胡亂將水潑往煙霧發散的方向，反而讓那煙霧爆發得更加旺盛。

「怎麼回事？」「是失火嗎？」「這煙好嗆呀！」

在賭客騷亂的當下，幾團煙霧裡紛紛現出人影。

那些高大的人影仗著白煙，有的仰頭嘶吼、有的掀桌揍人、有的狂聲怪笑。

「哇！這些傢伙是誰呀？」「該不會是黑摩組打過來啦——」

本來騷動的賭客們，一聽有人喊出「黑摩組」三個字，更加慌亂，紛紛要往出口擠。

賭場員工驚慌之際，也不忘本分與平時訓練，各自抄起手邊的工具當武器，將那幾團白煙中的人影團團圍住。

那駐守在辦公區域門外的大漢雙眼一瞪，大步向前，像是一點也不將那刺鼻白煙放在眼裡。他走進煙團，一把揪起一個人影，轟隆一拳打在他臉上，將他打出白煙之外。

賭客們望向那摔出煙團的傢伙，竟是一大團材質像是棉花的大人偶。那棉花大偶摔落在地，搖搖晃晃地又站起，鬼吼鬼叫地撲向打他的大漢。大漢揪住棉花人偶的雙肩，啪嗤一聲，將人偶撕成兩半。

大漢見棉花人偶被他一撕為二後便軟綿綿地塌下，也不免呆然，像是沒料到這鬧事的傢伙竟如此孱弱。他隨手拋下手中的棉團，轉身去逮其他煙團中的人影。

另一邊，張意和長門，便趁著眾賭客和賭場員工將注意力全放在大漢逮那些棉花人偶的當下，悄悄地摸進辦公區域。

這「辦公區域」其實相當簡陋，只是一處空曠的大空間，大空間左側幾乎清空，只有貼牆立著幾座金屬層架、擺著些雜物工具；對面有道鐵欄大門通往地下金庫，這清空的區域便是作為平日運送賭金的通道。

大空間右側則擺著幾張桌子，有三個留守員工聚在一處小桌邊喝茶聊天，見到張意和長門進來，驚訝地站起，指著他們嚷嚷：「你們是誰？這裡不能進來！」「外頭發生什麼事嗎？」

張意立時後退一步，按照事前推演，用後背抵著門。

長門則大步往前，自木箱中取出三味線。三個員工見長門神情冷然，顯然來意不善。兩個員工抄起手邊的掃把和椅子逼近長門，另一個則拿起身旁小几上那老式的轉盤電話話筒，準備求救。

長門揮撥彈弦，一道銀流如刀飛斬，飆過那慌亂撥號的員工手邊，將電話線倏地切斷，嚇得那員工往後摔倒。

琴聲叮叮咚咚地接連響起，四、五道銀流先後自三味線弦上震出，將那兩個持著椅子和掃把的賭場員工掀倒在地。跟著，銀流化成毯子，捲上三個員工的四肢和全身。

長門見他們再無反抗之力，便從口袋中摸出三枚手指大小的棉花小人，捏至唇邊呼了口氣，往那三個員工身旁扔去。

棉花小人噗地變成如同外頭那些棉團人偶般高大壯碩，伸出粗壯大手緊緊抱住三名員工，還嘟起嘴巴和他們嘴對嘴，不讓他們出聲求援。

張意這才知道原來外頭那些人偶是這麼變出來的，想來那些白煙，應當也是長門以符法道具製造出來的騷亂。白煙加上棉花大偶，不但引開門口的守衛大漢，也將本來辦公區域的大部分員工都引了出去。

長門又抛出一只棉團人偶，嘩啦聳立在張意面前，舉起雙臂，替張意擋著門，讓張意自棉團人偶的臂下繞出，與長門會合。

兩人奔至通往地下金庫的鐵欄大門，見那鐵欄大門厚實堅固，欄上還鎖著一個大鎖頭，透過欄間向裡頭望去，裡頭是條向下的樓梯。

長門微微側頭，揚撥彈弦，奏出幾束細如髮絲的銀流，鑽入那大鎖的鎖孔中，只聽見喀啦啦幾聲，大鎖便落下地。

「哇——」張意不禁驚嘆：「長門這琴怎麼這麼厲害，能打人也能救人，連開鎖也行。」

「厲害的不是琴，是長門小姐本身。」摩魔火說：「每個異能者運用魄質的方法不一樣，長門小姐透過那三味線，將魄質轉化成各種用途，開鎖是基本中的基本……」

嗡嗡嗡嗡——

一陣尖銳異聲陡然響起，門沿上方浮現出一盞警示紅燈，閃耀起嚇人的紅光。

「咦？」張意大驚，回頭只聽見後方辦公室的門轟隆隆地響動起來，是外頭的員工發現了裡頭的異狀，開始撞門。

「張意先生，時候到了，長門小姐請你幫忙開門——」神官急急飛到張意面前，撲拍著翅膀。

長門轉身，從口袋裡取出數只棉花小偶，伸指在小偶頭上比劃兩下後拋出，小偶旋即化成大偶，轟隆隆地散開，搬桌抬椅地往那門口堵去，擋著外頭試圖撞進來的保鏢和員工。

「開門？要怎麼開門？」張意臨危受命，抓著鐵欄亂搖，只見這鐵欄上的大鎖雖已落在地上，但鐵欄大門卻打不開。

「師弟，快點、專心！你連黑夢裡的門都能隨手打開，這爛門怎麼擋得住你這天才，加油！」摩魔火催促著張意。

「我根本不知道我上一次是怎麼打開黑夢裡的那些門呀！」張意慌張地說。

「你當時做了什麼？」

「就亂推亂搖啊。」

「那你現在就使勁地亂推亂搖吧！」

「好……」張意咬牙推門。聽身後的撞門聲越漸響亮，轉頭只見辦公室門已給撞開了一條大縫，那雄壯的守衛探手進來，一把便撕下一個棉團大偶的腦袋。

長門彈動琴弦，彈出數股銀流，凝聚成柱，轟隆地抵上門板，又將門推回去些。

「師弟、師弟！門開了！」摩魔火大叫。張意望回前方，見門真的讓他推開，連忙鑽入門後，朝著長門大喊：「門開了，進來！神官，叫長門進來！」

長門收到神官的通知，立時飛身後退，跟著張意退入鐵欄門內；同時改變撥琴的手勢，變化弦音，讓本來抵著門的銀流化爲銀絲，捲著擋在門邊的那些大棉偶和桌椅，倏地往後飛拉，轟隆隆地全堆在鐵欄門前。

張意則在摩魔火的指示下，探手撿回落在鐵欄外的大鎖，又鎖回鐵欄上，接著摩魔火便快速地攀上那大鎖，挺腹在那鎖孔內注滿蛛絲，不讓員工用鑰匙開鎖。

「你們是什麼人啊？」「好大的膽子，敢進來來發偷東西！」「快出來，裡面沒路逃——」那賭場保鏢和員工衝入辦公區域，奔至鐵欄門外，扯動那些棉偶和桌椅，只見棉偶底下又噴出大量的刺鼻白煙，嗆得他們眼淚鼻涕流了滿臉。

張意和長門一路奔下樓梯，轉入一條曲折甬道，甬道兩側的牆面上有好幾扇小門。長門無視那些小門，領著張意一路奔入甬道末端，只見甬道轉折的後頭，有一道猶如銀行金庫裡才會出現的厚重金屬門。

那大門上有著複雜的巨鎖和外型類似船舵的大型轉盤。

長門來到門前，揚撥彈弦，幾束銀絲鑽入口孔之中；張意也握住那狀如船舵的轉盤，胡亂地轉動起來。

「張意先生，別亂轉！長門小姐要你配合她的開鎖節奏，聽見重音再轉。」神官這麼叮囑。

「重音、節奏？」張意一時不明所以，但見長門望著他輕輕彈弄三下，跟著重彈一下，同時聽神官大喊一聲「轉」，這才會意。他閉著眼，每聽見重音便出力轉動轉盤，反覆數次之後，他逐漸感到自己的意識猶如化為流水、化為煙霧，滲透進大門重鎖的內部，將每一個構造、每一處地方，都摸了個一清二楚。

當然，他不是造鎖開鎖的行家，即便瞧見這重鎖構造，也不見得能夠理解每一處機關的運作原理，但他同時感到長門彈出的銀弦波流，也循著鎖孔深入鎖中。

長門顯然是開鎖專家，那絲絲銀流猶如世界上最精巧的手術儀器，將每一處鎖柱，精準地推至相應溝槽裡的正確位置；張意每一次出力，則消滅巨鎖裡層層的防護法術，讓長門的琴音銀流順利地向前推進。

喀啦幾聲，巨鎖終於解開，二十公分厚的金屬大門緩緩向內開啓。

同時，後頭甬道也傳來怒罵奔跑聲，外頭的保鏢和員工破門追入。

長門拉著張意轉入大金庫內部，將門關上。

張意在摩魔火提醒下，立即轉身，用後背擋著門，碰唧唧的敲門聲和叫罵聲自張意背後那扇重門傳來。

只見大金庫內部不算特別寬闊，差不多一間尋常教室大小，立著數排金屬架子，上頭擺著一罈罈怪異的黑色大罈子，看上去像是古人用以釀酒製泡菜用的大酒罈，每只罈子上都以奇異符籙繩結緊密結捆。

「這裡就是賭場的地下金庫？」張意見到巨大重門之後的大金庫內部，沒有預期中的珍奇異寶，只堆著大量古怪罈子，不免有些失望。但見長門快速自角落拉了台拖板車，捧起兩只大罈放上板車，跟著疊上一片大板，又堆上兩只大罈，彷彿一開始就計畫要來劫這些罈子般，張意便問：「那一罈罈的是什麼東西？」

「罈子裡可都是濃縮的魄質啊。」摩魔火說：「你可別小看這些罈子，每一罈裡，裝著的可是華西夜市一整年的稅收，跟來來發的年度盈餘呀。」

「稅收？」張意知道這廣大的華西夜市止戰區結界，需要靠著豐厚的魄質才能維持運作，因此夜市的大小攤子，都得將收入的一部分，作爲稅金繳給俱樂部，作爲維持結界運作的能量。而俱樂部底下的來來發大賭場，更佔了「年度稅收」裡的近六成。

然而，每個妖魔鬼怪、異能者們所習法術和彼此體質都不一樣，這集聚起來的大量魄質參差不齊，因此每一年度的「稅收」，都會經過一段精煉釀造的工程，再藏入這些罈子，待其穩定之後，才能成爲結界能量來源。

張意聽摩魔火解釋了半晌，這才明白這些罈子的因由，整個華西夜市商家和來來發賭場都以魄質作爲貨幣，這一罈罈精釀過的魄質，便如同人類世界裡的鈔票黃金般珍貴。

「每個罈子，都可以供整個夜市的結界運作兩、三年呢。」摩魔火說：「這也是這夜市止戰區越來越大的原因，能量越大，結界便擴展得更大，吸引更多異能者跟鬼怪進駐夜市，成爲止戰區的住民或是熟客。」摩魔火說到這裡，又補充：「當然不是每個止戰區都像華西夜市這樣子經營，也有更多小規模的止戰區，就只是主人個人的勢力標記，供自己和老友閒聚磕牙罷了。」

「伊恩老大要這些魄質，就是爲了煉手？」張意問。

「是啊。」摩魔火說：「煉那隻『手』，按照正常的步驟，需要十年甚至更久的時間，即便伊恩老大是天才中的天才，也至少要煉個五年、八年，但現在他沒有那麼多時間，他要加速整個煉手過程。接下來的日子他會將那煉手法術加重百倍以上，他的身體承受不住法術的效力，必須靠額外的能量支撐，加上他肩膀上的鬼噬越來越凶，也需要使用這些魄質來餵食那些餓鬼。」

「原來如此……」張意見長門足足堆了兩大板車、共八口大罈子，這才停下動作，轉往一處牆角，以銀流拉開鐵架，在那兒附近的牆面上摸索起來。

「八個罈子，豈不是等於這夜市八年的預算，可以讓結界運作二十年？」張意問：

「老大煉『手』就是爲了向安迪報仇？那到底是什麼手？厲害到能打敗黑摩組，殺死你們說的那個安迪嗎？」

「當然可以！」摩魔火說：「別眞以爲那安迪是神，沒那黑夢結界，他也變不出把戲了。」

「咦？」張意點點頭，見到長門在對面摸索一番後，施法半晌，卻突然停下動作，一隻手還微微舉著，像是凍結了般，便問：「長門怎麼了？」

「長門小姐在定位呀。」摩魔火說：「你忘了嗎？我們要來時造了一道門，通往我們挖出來的那條隧道，待我們將罈子運回大地鼠那地洞裡後，這門就銷毀、隧道結界也銷毀。到時候他們即使將整座金庫翻了，也找不到我們，因爲他們根本想像不到天底下有你這種能夠在結界上『開門』的傢伙。」

「可是……」張意只覺得長門那「定位」的姿勢也未免有些古怪，同時，他也聽見背後擋著的重門外，傳入更加古怪的聲音。

本來的叫罵、搥門聲停下了。

變成詭異的呻吟聲。

那一陣陣的呻吟，似哭、似笑，又像是在哼歌。

「師兄……我覺得不太對勁。」張意將耳朵貼在金庫的大門上，更仔細地聽，依稀聽見外頭那些吟唱竟帶著「歌詞」。

「好吃、好吃……」「好久沒吃到這麼好吃的肉了，好吃……」「香啊。」「你吃的是什麼肉？」「雞肉、豬肉……都不是……唔唔……」

張意雖聽不明白具體內容，但腦中卻有個模糊印象閃過腦袋——阿四和凌子強在那恐怖燒臘便當店，大快朵頤恐怖飯菜和老鼠湯的模樣。

「嘎、嘎嘎……嘎嘎嘎……」神官的叫聲自前方傳來。

只見神官姿態歪斜地站在長門肩上，翅膀歪曲地張揚著，身子搖搖晃晃——那體態動作竟有些像是捱著殺蟲劑的蟑螂般詭異錯亂。

「怎麼回事？」摩魔火似乎也察覺氣氛有異，他躍下張意的身子，想奔去查看長門和神官的情形，但才剛躍出兩步，便立時嘶地怪叫，身子抽搐幾下，彈回張意身上，攀著他的衣領顫抖半晌，這才驚慌地說：「這是黑夢、是黑夢……絕不會錯，這是黑夢——」

「什麼？你不是說黑摩組絕對不會打來嗎？」張意駭然大驚，只感到背後抵著的金屬大門微微震動著。他回頭用手按著門，只見那金屬門材質緩緩地異變著，門上浮現出奇異紋路。那些怪異紋路瀰漫接近到他伸手抵著的地方便逐漸停下，像是無法繼續擴散。

同時，四周的天花板、地板也轟隆隆地變化起來。

雖不新穎但堪稱潔淨的壁面開始生霉滲水，簡易的吊燈閃爍起來，一座座金屬架子鏽蝕傾垮；那些大罈子上的符籙繩結像是有著保護作用，使一些摔落地面的大罈不致於破損。

對面，僵凝了一會兒的長門，突然動了起來。

她揚著閃亮銀撥，歪頭默默地就著燈光，看著銀撥那銳利的刃面，然後朝左手腕劃下。

「長門小姐——」摩魔火尖叫，四足大張，拉動捆著張意四肢的蛛絲，操縱張意拔足狂奔起來，幾步衝到長門面前，攔腰抱倒長門。

「怎麼回事！」張意在衝撞間摔了個頭昏眼花，還沒搞清楚狀況，只感到身上傳來溫熱柔軟的觸感，這才察覺自己竟壓在長門身上，雙手按著長門雙腕。

長門的銀撥落在地上，左腕上有一條深長切口怵目駭人，鮮血泉湧而出，染紅了她整條袖子。

「嘎嘎、嘎、好香、好香的味道……」神官在兩人倒地時被甩下地，搖搖晃晃地站起，酒醉般地撲拍著翅膀走近長門的手腕，竟啄食起濺在地上的鮮血，還激動地歡呼：「好吃、好吃，這是什麼？好香……」他啄了幾下地板，又昂起頭去尋那鮮血來源，見到長門手腕上血口猶自噗哧湧血，竟探長了頸子要去啄食長門的傷口。

「住手……」摩魔火挺腹朝著神官噴出一束蛛絲，卻被神官飛身閃過。

「你是誰？為什麼……偷襲我？」神官在空中翻騰亂轉，朝著摩魔火尖叫唾罵。

長門本來神情空洞呆滯，但望著張意一會兒，又側頭望了望手腕上的切口，似乎逐漸清醒，她開始掙扎起來，抬膝一頂，頂在張意胯下。

「哇——」張意在劇痛之下身子翻開，捂著鼠蹊部打起滾來。

「……」長門驚慌地站起，捂著左腕傷口，像是一下子還不明白究竟發生了什麼事。她瞧瞧張意，又瞧瞧空中瘋癲的神官，左顧右盼，連忙從地上拾起三味線和銀撥，正要彈弦治療腕上的傷口，半空中的神官卻突然竄下，咬著她的手腕不放。

「！」長門更加驚駭，張大了口卻無法言語。她後退兩步後突然跪下，望著左腕傷口發愣，接著微微地笑了，輕輕撫摸神官那身染得紅跡斑斑的白羽。

跟著，長門自己也沾了沾腕上的鮮血，放入口中輕嚐，眼神微微發亮。

「師弟，阻止長門小姐！」摩魔火大叫，再度拉動蛛線，讓張意站起，再次衝向長門。

這次長門動作飛快，手一揚，銀撥劃去，在張意的頸際割開一道大口。

由於張意的撲擊並非出於本意，而是摩魔火以蛛絲操縱的動作，即便頸子上捱上一刀，動作也沒緩下。他再次攔腰抱倒長門，將她按倒在地。

張意雙眼睜大，胯下的劇痛麻痺了他頸子上的誇張傷口，讓他即使見到暴雨般的鮮血在他眼前炸開，一下子也沒意會到這些血是從自己脖子上噴出的。

鮮血嘩啦啦地灑了長門滿身滿臉。

「更香、更香！是什麼？是什麼？」神官本來瘋狂地啄食著長門手腕上的血肉，被張意的鮮血濺著，更加興奮起來。他轉頭亂瞧，朝著張意的脖子撲去，讓鮮血淋了一身，突然怪叫起來，嚇得落在長門的胸口上，焦急地踏在長門那身被張意的鮮血染得殷紅一片的衣服上，顫抖大叫：「怎麼回事？怎麼回事？」

「神官！醒醒，是黑夢！」摩魔火急匆匆地在張意的頸子上奔繞幾圈，以蛛絲纏住他頸子上的傷口止血，跟著又落在長門的腕上，將她手腕上的切口也以蛛絲纏繞緊實。

長門仍然掙扎著，但她已意識到情況有異，便沒再攻擊張意，而是使勁地推開他，翻身坐起，撥彈戒弦，詢問神官情況。

「長門小姐，我、我不知道發生了什麼事？我、我、我……」神官大叫，見到自己渾身染紅，又見長門和張意竟都受到如此重傷，一時也嚇得不知所措。

「是黑夢，神官，告訴長門小姐，這是黑夢結界！快來我師弟身邊，在他身邊才不受影響！」摩魔火尖叫著，他曾陪伴伊恩在黑夢裡闖蕩過一段時間，熟悉黑夢裡的氣息。之前他攀在張意身上，不受黑夢影響，要離身查看時才感到氣氛異變，拉動蛛絲迅速彈回張意身上，沒被黑夢迷惑心神。

「什麼？」神官聽了摩魔火的話，更加駭然，連忙揚起翅膀，踩著翅下那條還滾著血珠的線弦，急急張喙啄彈，將這番話告訴長門。

長門聽神官這麼說，臉色立時大變，連忙站起，再次撿起三味線，甩了甩上頭的血點，揚撥彈弦，彈出數道銀流，繞上張意的頸子，自蛛絲間隙滲入，像是在治療著他頸子上的切口。

「長門小姐，別再費力氣替這小子治療呀！」摩魔火大喊：「快開門，伊恩老大還等著我們！」他跟著又說：「神官，快把我的話轉告給長門小姐，然後告訴她，得跟張意……站得近些，才能抵抗黑夢力量！」

「什……什麼……」神官驚亂之餘，倒也乖乖地將摩魔火的話快速翻譯成弦音讓長門「聽」。他飛回長門肩上，一只小喙張張闔闔，只感到嘴裡全是血味，且還有些肉渣；他從那血肉上的微弱魄質，立時感應出那是長門的血和肉，嚇得大哭起來。

「……」長門猶自喘氣，張意那些濺在她臉上、身上的鮮血似乎也有一定的抵抗黑夢效力、穩定著她的心神，使她不致於快速錯亂。她見張意在蛛絲操控下再次走近她，以爲他又要來抱自己，連忙又退幾步，但聽了神官的翻譯，才停下腳步，一時竟手足無措。

「哇……」張意只覺得胯下頸子和先前被撞裂的肋骨處無一不痛，但他手腳都被摩魔火纏著蛛絲，不受自己控制，此時除了哀號外，也無計可施。

「神官，告訴長門小姐，我知道她不喜男人碰她，但現在是非常時刻，請她忍耐一會兒，先開門回去……伊恩老大現在的身體無法抵擋黑夢太久！」

「！」長門聽著神官翻譯，起初幾句時還面有難色，但接著聽摩魔火提及伊恩處境，才意識到當下情勢十萬火急。她望了望一旁那兩台拖板車，趕緊來到方才駐足的那面牆邊，伸指在牆上比劃起來，同時撥動手弦，讓神官翻譯。

「張意先生，長門小姐說她會忍耐。」神官說：「請你務必要保護她到完成任務。」

「什、什麼？」張意還沒反應過來，身子已被摩魔火以蛛絲拉至長門背後，微微舉起雙手，搭在長門肩上。

長門提著染血手指在牆面上畫出幾道微弱的螢光筆劃，那是一扇門。跟著她雙手按在「門」上，低頭閉目，微弱的光芒自她雙手掌中溢出，整扇門的螢光筆劃漸漸更亮起來。

大金庫裡，一盞盞燈滅了，又亮起，卻不是原本的鵝黃光芒，而是嚇人的血紅色，奇異的煙霧自牆面上的霉斑滲出，逐漸充滿整間金庫。

張意吸著這煙霧，只覺得惡臭難聞，但長門卻立時暈眩地搖晃起身子。

「師弟，站更近點！」摩魔火這麼說。

「是。」張意向前一步，跟著又向前半步。

「再近點，長門小姐現在忙著施法，沒辦法彈弦說話！」摩魔火見張意的雙腿仍不時顫抖，像是對長門剛剛那記膝頂餘悸猶存，便擅自拉動蛛絲，操縱他的身子，讓他整個人半貼半伏在嬌小的長門後背，一手圍上她肩頸，一手摟過她腰際。

長門讓張意這動作嚇得身子猛一震，連帶讓張意也猛嚇一跳，本能地夾緊雙腿，深怕再捱上一腳，那麼他或許要當場昏死或是失禁了。

「神官，跟長門小姐說，別怪師弟，是我要他這麼做的。黑夢的力量太強，黑摩組的人肯定要強攻華西夜市……」摩魘火這麼說：「如果情況惡化，我會讓師弟抱她更緊，請她體諒。」

「……」長門微微回頭，感受神官的弦音，見後方燈光陰慘、怪煙瀰漫，知道情勢險峻，只好無奈地點了點頭。

張意就這麼抱著長門，逐漸忘卻身上的各處痛楚，取而代之的是種奇異的飄然感。長門髮際的香味驅散了血的氣味，張意從長門小小且柔軟的身軀感到一陣陣微弱顫抖。他不知該表示什麼，他腦袋裡雖裝著不少跟孟伯一同調戲酒家小姐的經驗，卻沒有安慰女性的經驗，只能本能地將長門抱得更緊一些。

長門按在壁門的雙掌上的光暈逐漸旺盛，本來畫在牆上的簡陋筆劃，竟當眞浮突出一道門。

長門虛弱地放下手，拍了拍張意的胳臂，又撥撥手弦。

「張意先生，長門小姐造好門了，請你開門。」神官說。

張意鬆開摟著長門腰際的手，去握那門把，試著旋轉門把。他轉了幾下，儘管能夠旋動門把，但門卻文風不動，他只好再鬆開另一手，按著門板幫忙出力。

長門也伸手一起推門，後背稍稍離開張意的前胸，立時感到暈眩，情緒奇異起伏，立時將身子貼回張意懷中，反手搭著張意的胳臂，這才感覺情緒恢復正常。

「師弟，動作快點，老大在等我們！」摩魔火見張意神情呆然，胡亂地轉著門把，似乎也沒出太大力氣，便不悅地說：「你是不是故意拖延時間，想一直貼著長門小姐？」

「才不是！」張意連忙反駁：「我又沒練習過。」

「你開黑夢鐵門就很順利。」

「我那時怕得要死。」

「你現在就不怕？」摩魔火哼了哼。「我懂了，長門小姐又香又軟的身子，趕走你心裡的緊迫感了對吧。不要緊，我幫你把它找回來。」

張意正覺得奇怪，緊迫感要如何找回來，便感到後頸麻癢起來，甚至發出微微的刺痛，原來摩魔火用他那毛足搔著他的脖子。他知道摩魔火身上的紅毛能軟能硬，軟時如同柔羽，硬時如同尖刺，甚至還能附上法術，讓人感到火灼或是蟲噬一般。

「師兄，饒了我吧，這樣會害我分心，讓我不能出力啊。」張意哀求。

「我仔細想想，你這樣一直抱著長門小姐，實在不妥。」摩魔火說：「我們還得跟伊恩老大在大地鼠那兒藏上一段時間，要是黑夢眞的蓋來，你豈不每天都要抱著長門小姐了，爲了防止你作怪，我得事先做點準備。」

「喂喂喂……」張意感到摩魔火爬過他的後背，往他的腰際爬，繞到他的屁股後，像是要往他的胯間鑽，不禁感到一陣惡寒，急急問：「你想幹嘛？做什麼準備？」

「我得防止你起壞心，聽說雄性人類那東西很惡。讓我咬它一口，注入點毒液，讓你那東西日夜都很癢，癢到你早也抓、晚也抓，直到整副東西抓爛掉，應該就沒那麼惡了吧。」摩魔火這麼說，且開始用大牙在張意的牛仔褲上啃出了個洞，像是想要咬出一個大口，方便自己後續作業一般。「老大有些偏心，他很疼你，要是在他面前提出這主意，他可能不會答應，現在倒是好機會。」

「幹，那怎麼行！」張意只感到摩魔火當眞鑽入他的腿間，扒開他的內褲，還將毛足伸進去拍拍打打，不但心中驚恐至極，且先前被長門頂傷了的部位再經摩魔火這麼攪動，可更痛徹心扉，他哀號起來：「師兄！我正在推門，你別鬧，好痛、痛死我啦！啊呀！門動了、動了、動啦——」

混亂之中，張意果眞微微推開了門，一道光伴著長門室內特有的香風，自門縫裡透出。

張意和摩魔火不禁歡呼出聲。摩魔火爬回張意的頭上，拍著他的腦袋。「師弟，師兄幫你找回緊迫感了吧……我想暫時不用使用那招了，因爲你的子孫袋好像已經被長門小姐踹傷了，腫得好大，應該惡不起來了吧……」

「老大！」張意也無暇和摩魔火多說什麼，他強耐疼痛，將門推得更開，見到伊恩虛弱地倚在甬道壁邊。

伊恩雙目半閉，嘴裡咬著一把藥草，臉上、額上滿布以銳刃刻下的鮮血符籙，這似乎都是伊恩用以對抗黑夢力量的緊急措施。

轟隆隆的震動響起，甬道壁面出現碩大的龜裂痕跡。

「師弟，動作快，這條結界通道設有自滅機制，在黑夢影響下自己啓動了，我們要趕快回到大老鼠的地洞套房裡！」摩魔火這麼說。

「啊——」張意咬牙奮力一推，終於將整扇門推開，拉著長門就要往甬道裡跑。

長門迷迷糊糊地被張意拉入甬道，清醒過來，陡然停步，轉身舉起三味線，快速撥彈一陣，甩出幾股銀流穿門竄回金庫裡，捲著兩台板車，將載著八口濃縮魄質的大罈一同拉入甬道。

「你們……」伊恩在張意的叫嚷和甬道的震動下，也略微清醒了些，見張意和長門模樣狼狽地回來，連忙掙扎站起。他見四周甬道開始崩毀，又見到從張意背後那金庫透入的巨大妖異氣息，立時明白當前情況。他伸手按上壁面，吟唸咒語，掌泛微光，減緩甬道崩毀的速度。

張意和長門手搭著手，拉著板車奔向伊恩。大夥兒忙亂之中，又回到長門那結界套房裡。

甫入房，長門便反身將門關上，雙手按著房門，閉目施術半晌，便見那扇連接甬道的小門緩緩消失，連同那條臨時甬道也一併消失——

華西夜市有上百處類似鬚野小套房這類廢棄或是使用中的地底結界空間，按照伊恩原先的計策，倘若賭場事後追究起來，可得花上好一段時間，才能找來鬚野這兒，那時伊恩或許已經將手煉成；即便尚差數日，俱樂部成員便找上門來，也能讓張意擋著門，大夥兒靠著竊來的魄質罈子，死守一段時間，待手煉成，再殺出談判也成。

三人返回鬚野那簡陋小室後，檢視各自傷勢，只見牆上兩間結界套房內部也逐漸扭曲變形消散，又過一會兒，連牆上兩扇門都消失了。

「我知道黑摩組一定會打華西夜市，只是沒想到動作這麼快。」伊恩望著張意頸子上的傷，和長門被摩魔火的蛛絲纏繞的手腕，低喃自語：「看來我得加快煉手速度，三十天太慢，我希望十天內完成……」

「不行呀老大！」摩魔火聽伊恩那麼說，連連搖頭。「十天太趕，本來你規劃的三十天，就已經遠遠超出你的身體負荷，現在如果要將術力加強三倍，你、你、你……絕對撐不住的。」

「撐不住也沒辦法。」伊恩苦笑了笑。「被這止戰區裡的傢伙們找到還能談，他們多少肯給我點面子，還有的商量，但要是被黑摩組找到……你想會發生什麼事？」

「可是、可是……」摩魔火仍覺得不妥。「如果你出事，一切就沒意義了。」

「怎麼會沒意義？」伊恩舉起右手，展示他那刻上了密麻符紋的右前臂。「法術已經施上了，不論我身體如何，手一定會完成，只差時間早晚而已，我加快速度，會有點辛苦，但比起跟黑摩組糾纏，這還是最好的辦法，何況……」

伊恩說到這裡，瞧了瞧堆在套房角落的八口大罈，嘿嘿笑著說：「你們拿太多了，我只需要一罈，被逮到還能笑著商量，你們搶了他八罈，這下……恐怕得流血商量了。」

「八罈好呀。」摩魔火說：「你要十根手指，長門小姐替你帶來了四十九根，事後證明長門小姐的顧慮是對的……這八罈魄質，一罈用來餵鬼噬、一罈用來煉手、再一罈用來保護這結界、再一罈用來……」

「哈哈。」伊恩大笑說：「鬼噬那些傢伙再餓也吃不了一整罈，真餵他們吃下一整罈子，手沒煉成，就先長大到能夠從我肩膀裡鑽出來作亂的地步啦。」

「什麼？那些鬼還會長大，還能鑽出來？」張意有些驚愕，此時他正赤著上身，讓長門彈撥治療他的斷肋和頸上那誇張的裂口。長門堅持要先替爲自己所傷的張意治療，再來治療自己的手。

「會呀。」伊恩起身，捧來一只大罈，拍拍摸摸，然後擺在小桌上，跟著提著他那把武士刀，來到罈前坐下。

伊恩將武士刀貼在臉旁，低聲說了幾句話，拍拍刀鞘，然後拔出一小段，將露在鞘外的銀亮刃處貼近大罈罈身。

只見那短短一截刀刃，紅光乍起，有個光點在露出的刃面上來回移動，越動越快。伊恩將閃爍的紅光貼上罈身一處，只聽得罈壁接觸到刀刃的地方，發出摩擦聲響，飛濺起碎屑粉末。不一會兒，那罈身上便給鋸出了一條小縫。

伊恩捏出一張符，微微一晃，那符紙竟像是流水般搖曳。伊恩將符紙插入罈身上鋸出的縫隙裡，跟著又捏起另一張符紙，輕輕揉成一團，將那符紙變化得猶如黏土，抹在那插於罈身上的符紙根處，封死全部縫隙。

「或許你有機會見到。」伊恩伸手在那露在罈身外的符紙上比劃幾下，跟著拍拍肩頭，對張意說：「這些傢伙不但能出來，也能寄生在我這副身子上行動，再過不久，我這身子就不是我自己的了，這也是我要煉手的原因。」他說到這裡，只見罈上符紙微微附上一層青亮亮的螢光黏液，像是蜂漿般地往符紙尖上聚集，逐漸變成一大滴，然後落下，落在伊恩伸去托接的掌心上。

「很棒。」伊恩舔了舔手掌，滿意地點點頭。「四指那些髒手指太凶了，我肩膀裡的壞傢伙吃下去後凶性更烈，日夜吵我，用這好東西餵他們，應該能讓他們乖一點。」

伊恩取來一只碗，在碗裡也墊上一張符紙，擺在罈下，正好接著那不時自罈身符紙間落下的魄質漿液。

伊恩似乎能夠控制那魄質被符紙引出、凝聚滴落的速度，只見他拍拍罈身，彈彈符紙，那落下的魄質漿液便點點滴滴地加速起來，直到接滿一整碗，伊恩才又拍拍罈身，符紙上的魄質漿液便減緩了凝聚速度。

伊恩又抽出幾張符紙，捲成三只手指粗細的小管，放入碗中，對著符管拍拍，讓三只符管抽滿魄質漿液。然後他將肩膀上的乾枯手指拔去，換上這符管，跟著吁了口氣說：「安靜吃飯吧，壞孩子們。」

「你們乖點，過幾天我殺你們時……」伊恩微微笑著，輕拂肩頭，像是對小孩說話般。

「會倆落點，讓你們少受點苦。」

「老大，你還能殺他們？」張意又困惑地問：「你說他們會佔據你的身體，你怎麼殺？」

「當然是用這隻手殺。」伊恩哈哈一笑，舉起他那裹著蛛絲，掌上嵌著眼球的右手。

張意自然仍不明白，又追問幾句，但伊恩像是刻意賣關子般，鬼扯些不著邊際的話，硬是不說清楚他究竟如何能用自己的右手殺死自己的身體，又如何用這右手進一步殺死安迪。

「哇……」張意正聽得一頭霧水，突然感到下腹一陣清涼，身子陡然一縮，望向長門。長門也微微瞪眼，像是不知所措地望著張意，手上撥到一半的弦音，陡然停下。

「嗯？」伊恩見他倆神態古怪，有些好奇，問長門說：「怎麼了？他傷得很重？妳治不好？」

神官聽伊恩說話，立時同步翻譯成弦波傳給長門。

長門低下頭，像是不知如何回應，好半晌才彈出幾個音，神官這才開口：「長門小姐說，他傷得不輕，但不是不能治療，只是希望父親替張意先生處理一下。」

「什麼？」伊恩困惑地問：「妳說什麼？妳能治療但是要我幫忙？那是什麼傷？」

「……」摩魔火攀在張意的腦袋上乾笑，接口說：「伊恩老大……是這樣的，這幾天你只教師弟練瓶子，沒教他打架，我們這一路碰上些麻煩，又碰上黑夢壓境，師弟受了不少傷，包括他那子孫袋……就是……那叫什麼來著？睪丸？陰囊？總之，就是男人胯下那壞東西受傷了。」

「什麼？」伊恩聽摩魔火大致敘述了他們在夜市碰上那瘋癲青年的騷擾，和在賭場金庫裡受到黑夢影響的過程。明白了整個經過，這才知道張意捱了長門一記膝頂，罣丸受了創傷。

他哈哈一笑，瞧了張意幾眼，又看看長門，突然板起臉，對長門說：「這可不行，我才不想幫他治療那地方。他要救妳，妳卻傷他，妳當然得自己負責。」

伊恩待神官翻譯完，見到長門瞪大眼睛不知如何是好，也不多說，隨手取出幾張符，捏散成扇狀，自那大罈下方的碗中舀起一大團魄質漿液，兩手一揉，將符紙揉得像是顆包子，咬了一口，自個兒走到牆角躺下，背對著他倆說：「我累壞了，不休息一下不行……你們看著辦吧，這地方我布置許久，還算安全，黑夢一時壓不進來，有動靜再叫我。」

長門望著伊恩的背影，又望望張意，滿臉羞紅不知所措，只好硬著頭皮繼續輕輕撥弦。

輕柔的弦音再次響起。

張意身子一顫，感到滲入他體內的銀流繼續轉動起來，那銀流輕拂他臉上那些皮肉細傷，又捏捏揉揉他頸子上的創口。他的頸子已不再流血，逐漸癒合。

接著，銀流轉下，在他幾處肋骨斷處繞轉半晌——這些地方長門數分鐘前都已仔細治療過。長門這招法術並不能治療病菌引起的疾病，但能治療物理性的內外傷口。那循著毛孔滲入人體的銀流彷如她的雙手，能摸出臟器傷口，能將斷骨挪移回原位，能黏合皮肉切口，能清瘀止血……

張意只覺得那如同柔軟玉手般的銀流，在他全身來回巡遍數次，像是再也找不到尚未處理過的地方之後，才又撫回他的下腹，探向他全身唯一一處尚未治療的地方。

「……」長門低著頭、閉著眼，讓自己放空，輕輕撥弦控制銀流，替張意進行最後的治療。

「唔、唔唔——」張意緊抿著嘴，但仍然忍不住呻吟出聲。

「師弟，我眞想賞你兩巴掌。」摩魔火在張意頭上低聲說：「但是看在老大份上，我可以忍。你以後得好好報答長門小姐，知道嗎？」

「什麼？什麼……」張意半癱半躺地用手肘撐著地，接受長門治療，只覺得猶如騰雲駕霧，飛到了天空、撲進了雲裡，在軟雲堆上打起滾來。

08. 影子

大禮堂裡的會議持續進行。

在傑生主持下，眾人說服了賭場主人發爺，同意與四指合作，整個華西夜市將成爲「封鎖線」的據點之一，聯合封阻黑夢持續擴散。

「在這段期間裡，我們挙袈組會負責協調各國的四指成員進駐每個封鎖線據點，負責守備工作，包括華西夜市。」傑生笑嘻嘻地說：「各位千萬別擔心四指要打這地方主意，這地方是大家的夜市，有大家共同的回憶。事成之後，四指成員便會全部撤離，不取夜市任何一點資源。在這段過程裡，我們的目標只有一個，那就是黑摩組。黑摩組以外的人，不管是靈能者協會還是晝之光，都與我們無關，那些過往的恩怨糾紛，不管有多重，我們都會暫時放下，這一點請在場的各位傳達出去。」

傑生說到這裡，朝著盧奕翰和夜路所在的方向，微微點頭一笑，像是早已知道靈能者協會成員也藏入與會人士之中。

「奕翰，你怎麼看？」夜路望了盧奕翰一眼。「我們得將這段話帶給秦老對吧，畢竟之前協會和四指合作的傳聞，都是彼此放出來的試探跟風聲，剛剛那番話可是挙袈組的正式發言。挙袈組這次負責協調各國四指成員在台北的活動，所以這等於是四指高層的意思，他要我們代爲傳話。」

「嗯。」盧奕翰點點頭，說：「我想秦老應該樂觀其成吧，我們和四指不見得要直接合作，只要對對方睜一隻眼閉一隻眼，你打阿君、我打鴉片，就有合作的效果了。」

「就怕秦老照實往上呈報，倫敦那些老頭一定會有意見的。」夜路說。

「秦老才沒那麼傻。」盧奕翰哼哼兩聲：「那老油條精明得很。」

「就這麼說定了。」一個奇異女聲自盧奕翰和夜路的腳下傳出。

「哇！」夜路和盧奕翰猛然一驚，低頭一看，只見腳下一道黑影飛快閃過，抽回會議那兒。

一直站在傑生身旁那著套裝的女人影魅，笑了笑，朝著己方陣營那套著斗篷、個頭矮小的男人點了點頭。

盧奕翰和夜路相視一眼，都冒出一身冷汗，心想原來拏架組不但在外頭認出他們，在這大禮堂裡也一直盯著他們，知道他們並不反對四指的封鎖線計畫，且有意支持，這才滿意離去。

「影魅擅長操縱影子。」夜路對青蘋說：「是很厲害的一個角色，我相當佩服。」

夜路假設挐架組或許仍持續監視著他們，說話之中便摻雜了幾分恭維。

「影子？」青蘋呆了呆，連翻筆記，問：「我記得你們說過，黑摩組裡也有一個會操縱影子的高手，是他們的核心五人之一。」

「哦。」夜路點點頭，說：「是小非，她也不簡單，當初差點迷倒又離那處男。」

「又離不算處男啦。」盧奕翰說：「他跟天希在一起都多久了。」

「在黑摩組那時還是啊。」夜路反駁：「而且他跟天希只能在夢裡見面、在夢裡親熱。如果用嚴謹的標準審視，在肉體上，又離仍然算是處男。」

「別講這些廢話……」青蘋顯然不想在這話題上囉嗦，打岔說：「你們說的那個小非跟這位影魅，誰的影子術比較厲害？」

「這問題很好。」夜路說：「小非雖然也不簡單，但我想當然還是影魅小姐的影子術技高一籌，有她坐鎮在這地方，諒黑摩組那些王八蛋沒那麼容易打進來。」

「哈哈哈哈！」又一聲尖銳笑聲，自夜路和盧奕翰背後響起。

兩人連同青蘋，再次毛骨悚然地轉身。

只見一個彪形大漢捧腹大笑起來，這大漢像是憋著聲在笑，因此他動作誇張，但音量其實不大，只是笑得眼淚都流了出來。

盧奕翰見他長相陌生，手上也沒戒指，不像是拏袈組的眼線，卻又不知他爲何發笑；問他兩句，他也不答，只是一味地乾笑個不停。

夜路本想出言譏諷兩句，但想這與會成員來自四方，千奇百怪也不稀奇，若是說錯話得罪人，或許又要惹出麻煩。

「小兄弟，你剛剛說的那傢伙，就是小王八蛋的相好是吧？」又一個更奇怪的聲音自盧奕翰和夜路的背後響起。

同時一隻怪異老手，一把抓住夜路的袖子。

夜路再次一驚，轉身望去，一見是一個身高僅約一米三十上下的矮小老頭。那老頭面貌怪異，膚色黝黑，鼻尖眼細，兩隻眼睛彷彿重度斜視，瞳孔一個朝左一個朝右，卻又炯炯有神地閃耀著。

老頭的衣著也怪，上身套著一件孩童棒球外套，裡頭卻是一件泛黃發黑的破爛吊嘎；褲子是條骯髒的大號西裝短褲，穿在這極矮的老頭身上，倒像是件七分褲，那褲頭腰際處並無皮帶，而是用一條黑繩繫著，懸著一只葫蘆。

「什麼？老阿公，你說什麼？」夜路不解地搖搖頭。

「老阿公？」那老頭聽夜路這麼說，不禁惱火起來。「我有很老嗎？你這小子給我把話講清楚。」

「不，你不老……」夜路不想與這老頭糾纏，隨口敷衍：「你很年輕，朋友。現在他們在開會，我們別吵人家。」

「我問你。」老頭仍揪著夜路的胳臂，說：「你剛剛說到那小王八蛋有個相好差點被另個人迷住是吧。」

「相好？小王八蛋？」夜路連連搖頭。「老……不，朋友，我不知道你說什麼，誰跟誰相好，小王八蛋是誰？」

「小王八蛋就是小王八蛋！還會是誰？」那老頭氣呼呼地甩著夜路的胳臂。「我好心來看那小王八蛋，誰知道小王八蛋有了個相好，不理我啦。」

「你到底是誰啊？朋友……」夜路漸感不耐，說：「我不認識你，我也不認識小王八蛋，你得去找認識他們的人問。」

「我是誰？」那老頭呆了呆，放開夜路的手，喃喃唸著：「對啊，我是誰啊？我找小王八蛋幹嘛？小王八蛋又是誰？」他說到這裡，又問夜路：「小王八蛋是誰？」

「我不知道小王八蛋是誰。」夜路攤手回答，跟著指向大禮堂出口，說：「朋友，你看那邊那扇門，出去之後右轉下樓，一路走到外面有個櫃檯，那邊的服務人員可以幫你找到小王八蛋。」

「服務人員？服務人員知道我是誰？知道小王八蛋是誰？」老頭茫然地問。

「應該知道吧。」夜路說：「他們的座位上有電腦，可以上網。現在是網路時代，用搜尋引擎查一下就知道了，在關鍵字欄位上面打『小王八蛋』四個字，會蹦出三十幾萬筆小王八蛋的資料，快去。」

「你別騙老人家！」一旁的青蘋見夜路鬼扯，心中不悅。她對那老頭說：「老爺爺，你剛剛說『小王八蛋的相好差點被人迷住』這句話裡頭的小王八蛋，是不是指硯天希？你說的相好是夏又離？迷住他的人就是黑摩組的小非？」

「硯天希……硯天希……」那老頭聽青蘋提起這名字，側著頭發愣了半晌，像是努力思索著什麼，跟著陡然豎眉嘟嘴，說：「等等，妳這小賤婊子，妳叫我老爺爺？我很老嗎？」

「唔！」青蘋怎麼也沒想到眼前這老頭不但不領她情，開口便這麼難聽，呆然之餘，也不知所措。

「朋友、朋友……」夜路連忙打圓場。「你一點都不老，這兒光線太暗了，她看不清楚。你年輕英俊、相貌堂堂，怎麼會老呢？」

「呀哈哈哈哈——」附近幾個傢伙紛紛抱著肚子乾笑起來，他們和那最初的大漢一樣，憋著聲笑。

「是啊。」老頭像是十分滿意夜路的話，他說：「小子，還是你有眼光，看得出我相貌堂堂、年輕英俊，你叫什麼名字？」

「我叫夜路。」夜路說：「我是來旁聽會議的，這會議很重要，朋友，你快去找服務人員，叫他用電腦幫你找小王八蛋。」

「好，謝謝你。」老頭拍拍夜路的胳臂，轉身就要往大禮堂出口走，見了好幾個人都在怪笑，忍不住停下腳步，問他們：「你們笑什麼呢？」

那些人也不理那老頭，仍笑個不停。

有的笑得臉色發青、有的笑得淚流滿面、有的笑得嘴角都冒出了泡沫。

「媽呀，這裡瘋子未免太多了。」夜路吁了口氣，向青蘋挑了挑眉。

「……」青蘋被那老頭無端唾罵，尷尬氣惱，臉色難看，但不知怎地，也覺得十分好笑，噗哧一聲笑了出來。

會議仍在進行，話題像是轉到了其他地方，傑生在交代了接下來進駐華西夜市的四指成員大概是哪幾批人之後，也稍微提出了一些要求，諸如請夜市分配出部分空房讓四指成員暫住，以及提供日常所需資源等等。

「還有一件事。」傑生說：「最近我們收到風聲，那個讓我們四指人人都相當……嘿嘿，佩服得不得了的晝之光，他們派出了最精銳的『夜天使小隊』進入黑夢。大家知道這消息嗎？」

發爺等華西夜市長老們彼此互相看了看，都搖搖頭，有的說：「我們和晝之光沒什麼交情。」

另一個人補充：「我們夜市是中立的，最多、最多……只是偶爾會看看協會臉色，畢竟他們離我們近嘛。」

「別誤會。」傑生笑著說：「我不是要向他們尋仇。我剛剛說了，這段期間，四指的所有成員，與晝之光、協會之間的恩怨都暫時放下，我們絕不主動挑釁或是尋仇。」

「我們聽說夜天使隊殺入黑夢，結果失敗了，傷亡慘重。」傑生繼續說：「我們想知道這傳聞是不是眞的，如果是的話……嘿嘿，那還滿嚇人的，黑夢的力量據說會迷惑人的心智，讓人自相殘殺。黑摩組若是利用黑夢，將那些夜天使變爲爪牙，反過來殺我們，這倒是……相當、相當麻煩吶……」

「晝之光的頭目有一把刀，叫作『七魂』，裡頭藏著七隻厲害的魔物。」影魅接過傑生的話，說：「這些年，我們四指死在那把刀下的夥伴，沒有一千，也有八百。要是這把刀落在安迪手上，等於讓他如虎添翼；要是整隊夜天使，都變成安迪手下，那已不只是如虎添翼，而是等於直接宣布我們的死期了。」

「所以。」傑生接回話說：「各位如果打聽到關於晝之光和夜天使的消息，請務必在第一時間通知我們，這關係到整個封鎖線計畫的成敗。畢竟，一個黑摩組已經令人頭疼了，要是黑摩組加上夜天使，那可嚇死人了，呵呵、呵呵哈哈……」

「放心吧。」一個男人說話的聲音，自四指成員當中響起。「伊恩沒死，他逃出黑夢了。」

眾人聽了這話盡皆譁然，拏賀組頭目謝老大連同身邊嘍囉，全回過頭，望向那說話聲音來源。

只見說話那人戴著紳士帽和琥珀色太陽眼鏡，身穿土灰色夾克，是個年約六十上下的中老男人。

老男人身後站著五個人，衣著大都樸素低調，不是穿著帽T就是戴著帽子，一時之間也分不清男女，僅能看出兩個高個兒和三個矮個兒。

「你誰啊？」「你消息哪來的？」拏賀組的四指成員微微騷動，幾批異國四指殺手也在隨行翻譯的同步翻譯下，微微騷動起來。

即便他們都同意暫時放下與那專門獵殺四指的晝之光之間的恩怨，但晝之光精銳隊伍「夜天使」和晝之光頭目的生死處境，對當前局勢可是極爲關鍵，大夥兒都亟欲知道這路情報。

「你是哪一路人？」傑生望向那老男人。

「鬼虎？」拏賀組頭目謝老大也回頭望著那老男人，似乎已認出那人。

「還是謝老大眼力好。」那老男人呵呵一笑，點點頭。「竹南組，鬼虎。」

「竹南組不是解散啦？」「現在哪來的竹南組！」眾人又是一陣騷動。

「竹南組？」青蘋問奕翰和夜路：「竹南組就是你們說過的那個……鬼眼強的組織？」

「對呀。」奕翰點點頭。「不過早就瓦解了。」

竹南組曾經是四指在台灣北部的最大堂口，連黑摩組都曾是其外圍小組織，這幾年間，拏袈組和竹南組時常因爭搶勢力地盤而出現糾紛，一年前某次談判破裂，雙方全面開戰。

那是一場凶惡的大戰，不但竹南組和拏袈組全員到齊，連靈能者協會、黑摩組也參與亂鬥。

竹南組老大鬼眼強死於那場大戰中，竹南組正式瓦解，成員分崩離析，不是為其他堂口收編，就是自立門戶成立新的小堂口。

「消息哪裡來的？」謝老大終於開口，他身形矮小，身披黑色斗篷，巨大的覆頭帽子遮住了大部分頭臉，僅露出一顆精銳迫人的眼睛，直勾勾地盯著鬼虎。

「我有我的管道。」鬼虎笑呵呵地說。

「鬼虎……」傑生瞪大眼睛對鬼虎說：「你難道忘記了，這次事件上頭讓我們鯊架組負責聯繫各路的四指夥伴嗎？這麼重要的情報，你怎麼現在才說？」

「我也是昨晚才聽說這件事。」鬼虎說：「我們逮到了個晝之光的成員，從他口中逼問出最新消息。他說他們頭目沒死，躲在華西夜市養傷，正暗中調集人手，想要扳回一城。」

「什麼！」眾人聽鬼虎這麼說，又是一驚。「晝之光頭目在華西夜市？」「什麼時候的事？」

「你昨晚聽說這件事，就應該昨晚告訴我們。」謝老大冷冷地說。

「鯊架組雖然負責協調各路的四指人士，但彼此之間不是從屬關係，我不歸你管，謝老大。」鬼虎淡淡地回。

謝老大站起身來，他個頭矮小得如同發育未全的國中男孩，黑色斗篷套頭罩子下的雙眼銳利駭人。「你還知道什麼？」

「知道很多。」鬼虎哈哈一笑。「其實我們今天是來提供你們一點意見的。」

「什麼意見？」謝老大問。

「那就是，封鎖線計畫不可行，放棄吧。」鬼虎這麼說。

「你說什麼?封鎖線不可行?」「爲什麼不可行?」眾人氣罵。

「因爲還沒封好，就被打爛了，怎麼可行呢?」一個清脆笑聲自鬼虎身後響起，接著走出一個個頭嬌小的傢伙，揭下粉紅鴨舌帽，披下一頭微鬈長髮，是個妙齡少女。

「啊——」「是妳!」巨大的譁然自拏架組和某些與會人士間爆起，整個大禮堂大部分的人都沒見過這女孩，但少部分見過她、認識她的人，可驚駭得拔聲尖叫，彷如末日到來一般。

「小非!那不是小非嗎?」盧奕翰和夜路駭然大驚，目瞪口呆地望著鬼虎身旁的那女孩。「他們竟然來了——」

「小非?」青蘋聽見這名字，也驚駭不已，急急想翻動筆記，卻因爲慌亂而將筆記本落在地上；她急急彎腰去撿，腦袋裡卻已然回想起這個名字——

黑摩組的核心五人之一——莫小非。

「莫小非!」「黑摩組來了?」驚慌騷動如同連鎖炸彈般劇烈引爆，那些沒見過莫小非本人的人，大都也聽過她的名字，知道她是黑摩組的核心成員。

沒有一個人能夠想到，今日這場協商共同對付黑摩組的會議，竟連黑摩組的人也親身與會。

大家也立時意會到，莫小非的到來，當然不是參加會議，而是要先下手爲強。正如她所說，破解封鎖線最好的辦法，就是在封鎖線圍成之前，先行擊破。

所有人想到這一點時，更加難以自抑地——

大笑起來。

又恐懼、又驚忿、又好笑，一個又一個的旁聽住民、與會人士，都抱著肚子大笑起來、笑倒在地、笑得淌下了眼淚、笑得透不過氣、笑得臉色發青、笑得嘴角都淌出了唾液和泡沫。

「哈！你、你們……」謝老大旁邊那老頭嚇得自座墊上彈起，指著莫小非和鬼虎。「眞有種，眞的來了，哈哈！妳沒看見這裡全是來殺你們的人嗎？全球的四指殺手都聚集在這裡和整個西門町了，哈哈，妳自投羅網、自掘墳墓、自……哈哈、哈哈！」

各路的四指殺手代表，在翻譯的急急說明下，紛紛躁動大亂，一個個站起，將莫小非數人團團圍住。

「鬼虎。」謝老大依舊坐著，直勾勾地看著鬼虎。「原來你投靠黑摩組了。」

「識時務者爲俊傑。」鬼虎望著謝老大。「江山代有才人出，安迪確實是個人物，他也很賞識你，不如跟我一樣加入黑摩組，你有機會跟我平起平坐，謝老大。」

「跟你平起平坐……」謝老大身邊那老頭大喝一聲，自斜揹於腰際的包包裡取出一個木盒，才往鬼虎走了兩步，突然腰一彎，摀著肚子倒在地上，狂笑不止。

「……」謝老大後退一步，伸手進斗篷的領口處，將斗篷裡那圍在脖子上的圍巾拉高至口鼻處，雙手微微張開，掌心流動起紅色火焰。

「哇——」華西夜市的長老們可嚇得屁滾尿流地奔離座位，跟與會的夜市住民一同往大禮堂深處或是出口處逃。

「口罩、口罩、哈哈、哈哈哈——」夜路、盧奕翰兩人在混亂中帶著青蘋奔向大禮堂出口。前頭擋著大群想往外擠的夜市住民，他們困在人群中，進退無路，手忙腳亂地戴上那埋著回魂羅勒葉片的口罩，還在口鼻抹上以回魂羅勒精煉出的特製藥液，以免被黑夢侵襲心智。即便如此，三人還是沒來由地想要發笑——夜路和盧奕翰這才知道，先前四周與會住民那有一陣沒一陣的怪笑，是受了黑夢影響。

大夥兒這些日子本想說那黑夢距離華西夜市尚有一段距離，且四指殺手陸續進駐華西夜市，以為黑摩組再凶也不敢進犯，因而掉以輕心；卻未料到這黑夢結界說來就來，連位於華西夜市中心的俱樂部也被黑夢入侵，想來外頭整個華西夜市，此時或許有大半範圍都已被黑夢吞噬。

「唔、唔……外公，你到底去哪裡了？」青蘋被人群推擠之下，突然想起孫大海，想起她父母雙亡，被孫大海收留照料至今，卻不知去向；她想起孫大海以往那和藹笑容，不禁一陣鼻酸，啜泣起來。

「別難過了。」「來吃點葉子……」盧奕翰和夜路一個捏起青蘋的臉蛋拉開她的口罩，一個將兩片撕開的回魂羅勒葉塞進她嘴裡。

「哇！」青蘋只覺得一陣刺鼻的氣味在她的口腔裡衝激不止，陡然回神，只覺得剛剛那陣突然衝激心頭的悲悽情緒，也未免有些突兀怪異。她聽見四周紛紛出現啜泣聲，轉頭四顧。只見不少住民低頭拭淚，本來全往出口擠的傢伙們，紛紛放緩動作、搥胸頓足，有的甚至坐下來大哭，嚷嚷哭號：「還逃什麼，算了，逃不了了……」

夜路遠遠地見莫小非望向這兒，立時哽咽起來，拉著盧奕翰和青蘋蹲下，低聲對他們說：「快裝哭，別讓他們發現只有我們清醒，嗚嗚……」

青蘋和盧奕翰雖有些尷尬，但知道這回魂羅勒藥用是靈能者協會的獨門祕藥，倘若讓莫小非瞧出他們不受黑夢影響，可要被識破協會成員身分了，只好摀著臉微微啜泣起來，三人嗚咽一陣，只覺得當眞鼻酸起來，也不知是被周遭哭聲感染了情緒，還是回魂羅勒終究效力有限。

「嗚唔哇哇哇，我說老孫啊——」英武突然自提袋裡探出腦袋嚎啕大哭，三人這才連忙摀著英武的嘴巴，替他戴上事先準備的特製小喙套，還在上頭滴上幾滴回魂羅勒藥液，才又將他按回提袋裡。

「怎麼啦？你們不是要走，怎麼又不走啦？」古怪沙啞的聲音在門邊響起，剛剛那瘋癲小老頭蹲在一個跪地大哭的大漢背上東張西望，見大禮堂大門雖然敞著，但一群群住民擠在一堆哭個不停；他訝異地抓著頭，像是已經忘了該上哪兒找管理員，甚至連要去找管理員這件事都忘了。

他自大漢背上翻下，揪起那些哭號住民的領子，看著他們淚流滿面，不解地問：「到底在哭什麼？」

另一邊，莫小非被以謝老大爲首的四指成員團團包圍。今晚來到大禮堂參與封鎖線會議的各國四指殺手代表，頭頭加上眾嘍囉，有六、七十人之多，此時約莫一半人倒地哭號；剩下一半，有些本身力量夠強，有些則嚼食藥草或是以奇針插身之類的道具輔助對抗黑夢力量。

「就算在黑夢裡，我也不信光憑妳們幾個，能擋下我們全部。」謝老大微微揚手，他的一雙手已裹上兩團耀眼火焰。他深深吸了口氣，雙眼炸射出紅光，突然發難，在所有人未能反應過來時，他那燃火的手便掐住了鬼虎的頸子。「上！」

在短暫的一瞬間中，拏架組成員和眾四指殺手的攻勢鋪天蓋地地襲向鬼虎和莫小非等人。

鬼虎等人的頭頂上方竄來滿天飛紙，是傑生擲來的一整副撲克牌，連同鬼牌在內，共五十四張牌在空中繞成圈圈，猶如整隊巡守天際的飛鷹。

「黑桃、方塊，去——」傑生雙手一揚，五十四張牌中的十三張黑桃與十三張方塊，陡然向下飛斬，全斬在鬼虎等人身上。

同時，鬼虎等人腳底散開一片深邃漆黑，漆黑裡竄出十數隻鬼手，抓住了莫小非等人的腳踝。

影魅自莫小非後方那塊黑影裡浮出，還拉著一個老頭，那老頭便是剛剛與鬼虎對罵的老頭。老頭雖仍哭泣不已，但腦門上給釘了根怪釘，那是能夠抑制黑夢力量的道具，手上托著一只木盒，盒裡爬出一隻又一隻的鬼，大鬼小鬼撲上鬼虎等人的身軀張口就咬。

一個俄羅斯四指殺手從腰際間抽出兩柄左輪手槍，握把上刻著醒目的骷髏雕飾，他大聲唸著母語，朝著莫小非等人連連開槍，轟出團團青綠色的幽靈鬼火，在莫小非等人身上炸出耀目的青色火焰。

一個越南四指殺手托著一個紫色小陶罐，從罐裡捏出兩條紫色肥蛆，拋進身旁徒弟雙手捧著的大木箱裡；大木箱轟隆震動，爬出一隻黑髮女鬼，餓虎般地撲向莫小非。

一個日本四指殺手大步走向鬼虎等人，他倒持短刀，揭開衣服露出色澤斑斕的小腹，在自己的肚子上劃開一道開口，那開口陡然大張，還生出利齒，猶如一張大嘴。

一個泰國四指殺手擲出懷中用紅布包裹的嬰屍，嬰屍在空中睜開眼睛，哭嘯聲尖銳駭人，落在地上飛快地爬竄去咬莫小非的腳。

數十秒間，莫小非、鬼虎等六人接連被撲克牌斬、被餓鬼舐咬、被鬼火狂轟、被眾四指殺手接二連三打來的木樁、長釘、飛符、巫術、降頭、鬼蟲連番濫炸得焦黑一片、體無完膚。

但沒有一個人倒地。

莫小非微微笑著，她那蒼白而美麗的臉上，嵌著四張撲克牌、爬著兩條毒蜈蚣、扎著一根長釘。

她緩緩揚起雙手，左手戴著四枚戒指、右手戴著三枚戒指。

「點、指、兵、兵、點、到、誰、就、去……」她一面緩慢地隨口說話，一面彎曲手指，與掐著鬼虎的謝老大對望。「謝老大，你覺得我要派誰好呢？」

「別讓她摘戒指——」謝老大一聲暴喝，鬆開鬼虎的頸子，彈了下左手無名指上的那枚戒指。

其餘的四指殺手，也幾乎同時摘下戒指。

他們見第一時間竟殺不倒莫小非，接下來更不能再保留實力。

「嘻。」莫小非笑了笑，伸出右掌貼了貼唇，作勢對俄羅斯四指殺手送了個飛吻。

俄羅斯四指殺手陡然一暈，雙眼呆滯，雙槍轉向，對準了越南和泰國的四指殺手，轟隆連連地擊發鬼火。

這看來牢不可破的四指殺手陣勢，霎時大亂起來。

莫小非的第二枚飛吻，拋向日本殺手。

日本殺手撇頭閉眼，還咬破了下唇，似乎勉強撐住了這記迷魂飛吻，但他身後的數名手下卻紛紛臉色異變，互相斬殺起來。他駭然回頭，像是想要阻止同伴自殺或者自相殘殺，後背立時捱上幾槍俄羅斯殺手射來的鬼火。

莫小非的第三枚飛吻，送向謝老大。

摘下戒指的謝老大，雙目雙耳口鼻都閃動著火光，像是一點也不受這飛吻影響。他雙手搭上莫小非的腦袋，咖啦一轉，將莫小非的腦袋整個擰成了一百八十度，嘴上眼下地掛在胸前。

謝老大一擊得逞，立時躍開，拔出背後三張撲克牌，憤恨地瞪視著自己的手下傑生。

傑生驚恐萬分，像是不明白自己爲何會對謝老大出手，但他掙扎猶豫、心慌意亂之間，又朝著謝老大擲出幾張撲克。

「嘻。」莫小非舉起雙手，將歪掉的腦袋又挪回原位，雖然看起來角度姿勢還是有些扭曲歪斜，但依舊能夠微笑說話。她身邊的鬼虎及另外四名手下在四指殺手的連番亂擊下，同樣肢殘體缺、面目全非，但仍直挺挺地站著。

數分鐘內，在莫小非拋出第四枚、第五枚、第六枚和第七枚飛吻之後，戰局幾乎大勢抵定。

數國六、七十名四指殺手，因爲自殘或者相殘，已倒下六成，剩下少數未受黑夢影響的傢伙，正狼狽地躲避同爲四指殺手夥伴們的凶猛追殺，本來差距十倍的對峙局面，竟瞬間翻轉。

盧奕翰和夜路混在憂鬱哭泣的夜市住民當中，讓這瞬間劇變嚇得齒顫膽裂。他們現在可是完全相信那號稱地表最強的晝之光夜天使隊，一進黑夢，必然也只能面臨全軍覆沒的命運。

「好無聊喔。」莫小非嘻嘻一笑，望著十數公尺外，像隻野獸般伏在地上、全身燃火的謝老大。「表情別那麼可怕嘛，你放心，安迪要我盡可能留活口，畢竟大家同門師兄妹一場。」

「……」謝老大聽莫小非這麼說，知道安迪必想將「活口」擄回黑夢，不論威逼或是使用異術控制，使其成爲手下鷹爪，進一步壯大勢力。他左顧右盼，見己方孳架組成員不是被其他外國同門打傷打死，便是讓自己打傷打死，甚至自殘而死。眼看情勢已無法扭轉，他望向大禮堂大門方向，像是已在盤算脫身之道。

謝老大望定了一個方向，那兒有道黑影，貼於壁面，隱隱浮現一張臉——是能操縱影子的影魅。

影魅似乎未受黑夢影響，她見戰況急轉，便遁於影中游移掠陣，一陣亂鬥下倒是安然無恙。她盯著謝老大，朝他點點頭。

謝老大不動聲色，見影魅那塊黑影開始移動，緩緩往他移來，像是準備來接應他。

「嘻嘻嘻嘻……」莫小非嘻嘻笑了起來，她蒼白的臉龐，連同體膚甚至衣物，都變成一片漆黑，她身旁的鬼虎等夥伴，同樣也變得漆黑一片。

遠遠看去，猶如一片剪影。

「謝老大，剛剛有個蠢蛋，問了一個蠢問題。她問，是你手下那女人的影子厲害呢？還是我的影子厲害呢？」莫小非這麼說，連同鬼虎等人在內，一片漆黑的身子瞬間化散、消失無蹤，她的聲音自大禮堂高處傳下。

莫小非這話，不僅讓謝老大和影魅心驚，更讓混在人群中的青蘋、夜路和盧奕翰駭然，一時不知所措，這才知道不但拏袈組掌握了他們此時的行蹤，連莫小非都知道他們在這兒，甚至連對話都給聽得一清二楚。三人呆然相望，瞧瞧擠成一團的大門出口，一時也不知該逃還是繼續躲。

眾人突然一陣驚駭，只見大禮堂天花板高處，穿出一個莫小非模樣的巨大半身倒影，那倒影頭頂朝下，一顆腦袋比一個成年人還高上不少，她笑嘻嘻地說：「你知道剛剛爲什麼打不死我了吧。」

此時尚能保持心智的四指殺手，這才知道剛剛眾人那激烈凶猛輪番轟炸，原來全打在幻影上，莫小非和鬼虎等人的眞身，此時是否身處大禮堂中都不知道。

「謝老大，剛剛那個蠢問題，你心裡已經有答案了吧。」莫小非的巨大倒影呵呵笑著說：「如果只是一般的影子幻術，可騙不到這些厲害的四指同行，更騙不到你謝老大，但我的影子不一樣，活生生的，跟眞人一樣呢。」

莫小非巨大倒影垂下的長髮，凝聚成人形——她的身形，緩緩走向謝老大，在他面前扠起腰，說：「你猜猜，現在站在你眼前的我，是眞人還是影子？」

謝老大凝視著眼前的莫小非，只覺得她身上透出的魄質氣息與真人無異，他那火手快如閃電，再次揪住了莫小非的頸子。

大火迅速將莫小非燒成了個火球。

跟著，他鬆開手，向後一躍，躍進影魅竄來的那道黑影之中，跟著急急轉向，往出口的方向竄去，但只竄出兩、三公尺，便讓另一道黑影擋下。

「等等。」莫小非那巨大的倒影開口說話。

「你還沒回答我的問題，怎麼能走？」燒成火人的莫小非緩緩走向影魅那影子。她身上的火漸漸熄了，露出焦裂的體膚，她每踩出一步，身上便落下一塊塊焦黑皮肉，焦黑的皮肉剝落殆盡，卻是一副毫髮未傷、白潔無瑕的少女體膚，且迅速覆上新衣，那是一件鮮艷的巴洛克風格洋裝和一雙閃亮的高跟鞋，手中還挽著一只名牌包。

此時的莫小非，活脫像是個準備參加姊妹生日派對的時尚名媛，而不是惡名昭彰的黑摩組核心五人之一。

地板上的兩股黑影，激烈地糾纏捲動，甚至浮突於地面，像是海浪般翻騰。

莫小非在那翻騰黑影前蹲下，托著下巴，手肘頂著膝蓋，像是在看小動物打架般；

她的視線越過那黑影，直視大禮堂大門那哭泣不止的人群，說：「剛剛問那個蠢問題的人、說出蠢答案的人，你們現在還有疑問嗎？」

夜路和青蘋見莫小非笑嘻嘻地望向他們，又是一驚。他們相視幾眼，知道無法再躲，連忙起身奔逃，沒奔幾步，便見到眼前大門處發出一陣怪聲。

大門，變成了一張嘴。

那大嘴嘟嘟囔囔地像是在說些什麼，跟著竟嘔吐起來，吐出一團團怪東西，那是各式各樣碎裂的肢體肉塊堆成一堆的樣子——在混亂中逃出的住民，全進了這張大嘴，被活活嚼碎。

夜路三人連忙停下腳步，臉色慘白，全然不知所措。

回過頭去，只見兩股怪影的惡鬥似乎已漸趨平靜，影面不再翻騰，跟著走出一群傢伙——鬼虎帶著手下，押著謝老大走出影子。

此時，謝老大那大斗篷罩頭已給掀開，他垂著頭，一頭白髮，半邊臉上有極大一塊的火灼舊傷；他雙眼半閉，口唇發青，雙眼空洞無神，已無先前那駭人的銳光，像是已耗盡全身的所有力氣。

在鬼虎之後，大影子裡又走出一個身影，又是莫小非。

這第二個莫小非，穿著連帽粉色棉外套，帽子上還豎著可愛獸耳。她走出影子，還拖著另一個女人，影魅。

影魅和謝老大一樣，渾身虛脫，被第二個莫小非拖出大影，扔在謝老大腳邊，一動也不動。

地板上的兩道影子逐漸消失，兩個莫小非一蹲一站，望著夜路等人。

「我再給你們一次機會，重新回答這個問題。」兩個莫小非，連同那倒掛巨影同時開口。「我跟她，誰的影子厲害？」

夜路和盧奕翰默默無聲，陡然聽見青蘋一聲尖叫，只見青蘋身後，又站著一個莫小非。

這第三個莫小非，穿著白上衣和百褶裙，像是學生制服一般，她走向夜路和盧奕翰，說：「回答呀。」

「妳……」夜路和盧奕翰相視一眼，知道彼此實力差距大到不論逃跑還是突襲，都完全起不了作用，只好硬著頭皮答：「當然是小非妳厲害啦，影魅那瘋婆子……怎能跟妳比……」

盧奕翰則把青蘋拉至身後，深怕她倔強嘴硬，說話得罪莫小非。

「這還差不多。」莫小非呵呵笑地說：「那你們猜猜，哪一個我才是眞的。」

「都不是眞的……」夜路回頭，望了望巴洛克洋裝莫小非和獸耳外套莫小非，最後望回眼前這百褶裙莫小非，說：「殺雞焉用牛刀，對付我們這些臭蟲，哪需要動用妳的眞身，對吧……」

「哈哈，不愧是大作家，油嘴滑舌，跟阿君說的一模一樣。」莫小非像是十分滿意夜路的答案。「不過……」

「錯了錯了錯了——」一個沙啞的聲音自眾人身邊響起。

那矮小瘋癲的老頭，不知什麼時候來到那百褶裙莫小非身旁，拉起她的手，說：「這個是眞的，那邊幾個都是假的。」

莫小非臉色大變，甩開那瘋老頭的手，疾退一步，訝然望著那瘋癲老頭半晌，這才開口：「你也是協會的人？你也用了那草藥？」

「什麼協會？什麼草藥？」瘋老頭搖搖頭說：「小娃娃妳快說，是不是我猜對了，妳是眞的，其他是假的。」

「你不是協會的人？也不是四指的人……」莫小非望了望那老頭雙手都沒帶戒指，狐疑地說：「那你是誰？」

「我不記得了。」瘋老頭攤攤手說：「我找小王八蛋好幾天了，嗅著小王八蛋的味兒找到這裡，這什麼地方呀，怎麼那麼奇怪？妳又是誰啊？妳有見著小王八蛋嗎？」

「原來是個瘋子。」莫小非見那瘋老頭說話前言不對後語，不想與他糾纏。她望了夜路等人幾眼，見他們雖未說什麼，但自己剛剛那陣優雅又所向無敵的氣勢舉止，被瘋老頭這麼一鬧，總是有些尷尬。莫小非不禁微微氣惱起來，臉色一沉，手指往唇上一按，再朝老頭一拋。「跪下，磕頭，把你的腦袋磕裂。」

「我才不要。」瘋老頭睜大眼睛，瞪著莫小非，說：「爲啥我要向妳磕頭，妳向我磕頭才差不多，小王八蛋！」

「你、給、我、磕、頭——」莫小非扠著腰，怒瞪瘋老頭，跟著猛一跺腳——四道黑影自她腳下竄出，左右竄向瘋老頭的雙腿。

「哼。」瘋老頭抬腳一踩，踩著了一道黑影。

另外三道黑影，在瘋老頭的身邊拔高，成了三個巨大影人，六隻手同時往瘋老頭的腦袋抓去——

什麼也沒抓著。

瘋老頭高高躍了起來，落在一個大影人肩上，騎著他的腦袋、揪著他的雙手，嚷嚷地說：「這法術好玩，小王八蛋妳怎麼變的？」

莫小非這才感到自己或許小看了這瘋老頭。她再次跺腳，瘋老頭腿下影人瞬間幻滅，瘋老頭落在地上，另外三個影人手拉著手圍住瘋老頭，跟著猛地炸開，那黑影碎片像是霰彈槍般打在老頭身上，幻化成一隻隻影蠍子、影蜘蛛、影蜈蚣，在瘋老頭身上噬咬起來。

「哇，妳送蟲子給我呀？」那瘋老頭像是見著糖果的孩童般，捏起一隻隻影蟲往嘴巴裡送，嚼食兩下吐了出來，皺著眉頭說：「影子變的蟲兒沒味道……」

「老伯，小心——」青蘋見瘋老頭吃食那些影蛛、影蠍子之際，莫小非已摘下左手上一枚戒指，周身瞬間紫風大作，她飛快竄向瘋老頭，像是想將這討厭的老傢伙一舉擊殺。

啪！瘋老頭一把抓住莫小非那記似乎能扒裂整座大禮堂的凶烈右爪，再抓住她陡然暴起的左爪。

「小王八蛋，妳怎麼突然變成這樣?」瘋老頭盯著莫小非那狂暴紫臉，又瞧瞧她雙手上剩餘的六枚戒指。

「喝——」莫小非見這瘋老頭竟然輕易擋下她摘去戒指的猛擊，再也不敢大意，雙手拇指抵住中指根部，將左右手中指上的戒指也推離手指。

黑色血管經脈瞬間爬滿莫小非的整張紫臉，她一頭黑髮卻轉而雪白，她猛一跺腳，地板被她踏出裂縫，整座大禮堂都發出震動，數道白色大影自她和瘋老頭身邊竄起，化爲三、四公尺高的白色影人。

白色影人揮動巨拳，朝瘋老頭的腦袋打去。

磅啷幾聲，將瘋老頭的腦袋和身子打得扭曲變形。

但莫小非臉上卻沒有一絲欣喜，反而更加憤怒訝然。

「妳會變假身，我也會變假身。」瘋老頭的聲音自莫小非背後響起，他在白色影人大拳轟來的前一瞬間，鬆開她的左手，扭著她的右腕繞到她背後，還瞬間變化出一個假身留在原地。

四個瘋老頭身影，同時出現在莫小非的前後左右，有的攬著莫小非的胳臂、有的揪著莫小非的頭髮、有的拉著莫小非的裙襬。「猜猜看，哪個是眞的。」

「呀！」莫小非猛然回身，對著那扣住她手腕的瘋老頭腦門上拐去一肘。瘋老頭仰頭閃開這肘，又扣住了她的左手，將她的兩隻手都拗在背後。莫小非的兩隻拇指抵上雙手的小指，又推下兩只戒指。

大禮堂那倒掛著的莫小非巨大身影消失，另一邊兩個影子假身也消失，整個大禮堂颳捲起暴烈大風，出口大門前那張怪嘴崩塌瓦解。

「怎麼回事？」近半數被奪去心智的住民和四指成員陡然清醒過來，一時還沒弄清楚當前的異變。

「啊！」盧奕翰和夜路見出口恢復，連忙左右拉著青蘋，跨過猶自茫然的人群，奔出大門、匆忙下樓，穿過歪斜異變的廊道，衝過染血的接待廳；見接待廳裡狼藉一片，幾個接待人員身上都插著剪刀或是銳筆，歪歪斜斜地躺在血泊之中。

他們奔出俱樂部，回到夜市巷弄，只見俱樂部入口處本來的那些守衛早已不見影蹤，數條巷子裡都有打鬥痕跡。他們轉入夜市大街，一時駭然呆立，此時華西夜市鬧街的模樣已變得截然不同。

五顏六色的招牌都爬滿奇異的黑色紋路，寶山雜貨店那大招牌碎裂四散地橫躺在地，店外牆上攀著一個巨大怪人，那怪人身形高瘦，臉上沒有鼻子，僅有兩顆巨大的眼睛和一張裂至耳際的大嘴，且有四條胳臂與兩隻長足，像是隻大蜘蛛般地攀在牆上；若在平地站直，這怪人身高可要超過一層樓。

本來低矮的華西夜市建築群，此時似乎「增生」出許多古怪的違章建築，一個個貨櫃箱子突兀地堆疊著；層層交錯的鏽蝕鐵窗，嵌裝在莫名長出的磚造怪樓上，鐵窗上還垂下一條條染血鎖鏈；本來的店面被封上了木板和鐵欄，木板上寫著血色符文和奇異文字，鐵欄上血跡斑斑，鐵欄後有些受困的夜市住民，住民身後，還站著持著怪叉的奇異守衛。

激烈的呼喊聲、叫罵聲、求救聲、怪笑聲，在四面八方迴盪著。

整條街上，屍橫遍野。

盧奕翰和夜路、青蘋奔過這滿目瘡痍的夜市大街，奔出止戰區結界，返回外界，望著常世鬧街，半晌說不出話。

他們隨即注意到，結界以外的正常世界也不正常了——

街道上一盞盞路燈快速地閃爍起來、四周樓宇上一扇扇窗變成紅色或是綠色、道路上的交通號誌同時全亮或是全滅、路人們紛紛捧腹大笑或是抱頭痛哭……

一陣陣轟隆隆的異聲自三人後方響來，他們回頭，只見身後華西夜市那巨大古怪的建築群正逐漸向外擴張。

「黑夢正在變大！」夜路和盧奕翰驚呼著，這是他們第一次親眼見到黑夢擴張的過程。

自夜市公寓樓頂「長出」的古怪加蓋構造不斷地延伸。一些太過突出的貨櫃或是木造隔間不時地斷裂墜下，砸在汽車或是紅磚道上，像是落地生根的植物般繼續成長，長成新的建築，再與後方擴散逼來的怪異建築銜接、合爲一體。

「快上車……」盧奕翰催促著兩人，往他們停在巷子裡那機動據點廂型車的方向奔去。

「不是說一進黑夢就出不來了嗎？那我們爲什麼可以出來？」青蘋被盧奕翰拉著，突然想到了這一點。

「誰知道？」盧奕翰奔到巷子裡的廂型車邊，取出鑰匙開門。「華西夜市本身是個強大的結界，說不定剛剛黑夢並沒有完全『吃掉』華西夜市……」

「也說不定小非正忙著打那瘋老頭，沒有專心指揮黑夢……」夜路拉開車門，先將青蘋推上車，再自個兒蹦入車內，重重關上門，拿起門邊的回魂羅勒藥液噴霧，在車內亂噴一陣。

青蘋讓這陣噴霧刺得眼淚直流，但她沒有阻止夜路，且也從置物架上取下一串回魂羅勒葉編成的花圈戴上——黑夢擴張的速度太快，他們才剛上車，便見到巷弄兩側的樓宇開始異變。

「坐穩，車要開了！」盧奕翰在駕駛座大喊，他發動引擎，急踩油門，只見兩側牆面浮突竄生出一條條怪異管線，那些管線漫長的速度比車速還快。整條巷道轟隆地震動起來，一道鐵門自前方路口升起，堵死了這條路。

「呃！」盧奕翰只好準備倒車，突然聽見後方夜路低聲嚷嚷起來。

「奕翰，停車、停車！」夜路將臉貼在廂型車後方小窗上往外望，只見外頭大道上出現一整隊怪異士兵，那些士兵外型似人，但有兩、三公尺高，四肢極細，身披怪異鎧甲，持著四公尺長的尖矛。

這隊士兵前方帶頭的是個巨大半人馬，那半人馬足足有兩層樓高，馬身上生著古怪利刺，人身卻是一副骷髏，一雙巨大的骨手持著兩柄重斧。

「……」盧奕翰透過後視鏡，見著外頭大道上那奇異景象，可嚇出一身冷汗，他回頭問：「夜路，要硬闖嗎？」

「不不不……」夜路連忙搖手，說：「打不打得過他們是一個問題，就算打得過，如果引起騷動，惹來黑摩組那幾個怪物，那更麻煩……」

「那現在怎麼辦？」青蘋問。

「等等吧，至少等他們走遠再說。」夜路無奈地說。

只見這隊怪異士兵猶如民間陣頭出巡時那神將巨偶，腳踏著妖風怪霧，緩緩往前走著，綿長的隊伍像是永無止盡一般。

09 黑色的世界

「老大、老大……」張意蹲在伊恩面前，怯怯地問，卻得不到任何回應。

伊恩盤著腿、抱著刀，一動也不動地坐在套房角落。

自張意和長門成功地自地下金庫竊出八罈魄質至今，已經過了三天。

三天來，他們沒有踏出這窄小地底出租房一步，平時若想便溺，便只能去角落那擺著遮蔽物的簡陋便坑。黑夢雖然已覆蓋了整個華西夜市，但似乎並未影響這驟野出租屋的排水管道和供水系統。

屋內存糧儘管不多，但長門也會以符紙包裹那大罈魄質、揉出魄質包子。這些魄質包子無法消解飢餓感，卻能提供人體所需能量，且也能減少便溺次數。

一開始時，伊恩還與他們有說有笑，偶爾調侃張意被長門踹傷又被她治癒的糗事，接下來兩天，伊恩便長時間維持著這樣的姿勢，不再言語，動也不動，像是睡著了般。

伊恩身邊堆著兩口大罈，一罈插在切口中的那符紙，捲著一條棉線，棉線另一端纏著一根銀針，插於伊恩的肩膀上，引出罈中魄質供鬼噬百鬼們食用；另一罈那棉線銀針，則插在伊恩的前臂上，作爲抵禦鬼噬黑紋擴散，以及煉手的能量來源。

鬼噬惡鬼們的食量逐漸增大，那作爲餌料的魄質大罈中，魄質僅三天便減少了四分之一，這速度遠遠超過伊恩的預估。

而伊恩身上那以鬼噬爲中心向外擴散的黑紋，已遍布他全身，讓他整個身子看起來猶如自墨汁或是柏油裡提起般漆黑一片——除了他的右前臂。

他整隻右前臂連同嵌著他左眼的手掌，此時都刻滿了抵禦符籙，除了距離手肘處那兩圈符籙是伊恩刻下之外，其餘部位的符籙都是長門在這三天裡額外增添上去的。

此時，整間鬚野套房的四方壁面和天花板、地板上都貼著滿滿的符籙。一張張符籙以棉線相連，棉線和符紙散發著淡淡的螢光，螢光來自於堆放在門邊的那三個大罈子，罈身上有著同樣的切口、插著符紙、捲著棉線。引流而出的魄質，循著棉線流溢至整間套房那上百張的符籙上，協助強化這防禦結界。

「伊恩老大曾經說過……以他的修爲，配合大量額外的魄質，最快也要半年才能將手煉成；但半年實在太久，老大決定將法術再加重、將時間濃縮成三十天……這已經遠遠超出老大身體的負荷，但……」摩魔火不安地在張意身上來回爬動，喃喃地說：「黑夢來得比我們想像中更急，老大在最後一刻，又將三十天目標濃縮成十天，把原本加重好幾倍的煉手法術，進一步再加重，這實在、實在……」

「如果……失敗了會怎樣？」張意怯怯地問：「老大會死嗎？」

「不會失敗，絕不會失敗！」摩魔火焦躁地以毛足拍打張意的腦袋，憤怒地喊著：「老大一定會成功！」

「很痛，師兄！」張意感到摩魔火那毛足又燙又刺，伸手去拍。「我是說如果，你得讓我知道老大的狀況……」

「如果、如果……」摩魔火聲音顫抖，不再亂竄，而是八足裹成一團，自張意身上滾了下來，在地上蜷縮起來，像是隻被殺蟲劑噴著的蜘蛛般，哀淒地說：「那我們或許都會死……」

「我們也會死？為什麼？」張意緊張地問。

「你以為老大肩膀裡頭那些鬼這麼客氣？」摩魔火說：「他們不停地長大，吃完老大的身體，破繭而出，難道要和我們泡茶下棋？」

「什麼……」張意望著伊恩的肩頭，只見此時獲得大量魄質食用的鬼噬長釘和肩頭傷處全無動靜，並不像前幾天不時地顫動甚至冒煙。

「唔！」張意見到伊恩腹部突然高高隆起，然後塌下，像是少了塊肌肉般地詭異凹陷。

「他們已經完全離開老大的肩膀，來到老大身體的各個地方了……」摩魔火的聲音帶著哭聲：「他們在吃老大……」

張意聽摩魔火這麼說，不禁駭然地後退幾步，只見伊恩像是感受到腹部肌肉凹陷而被喚醒了般，微微睜開眼，隨即又閉上。

他的額上臉上和身體都冒出豆大汗滴，向下滑落，緊蹙的眉頭鎖得更緊，像是承受著極大的痛苦。

「老大，加油，你可以撐過去……」摩魔火自地上掙起，爬到伊恩腿邊，以毛足輕點伊恩的膝蓋，說：「再痛也比不上那個時候……那個時候你都撐過去了，將分崩離析的大家凝聚起來，帶領我們繼續向前，現在這種小事絕對難不倒你，對不對？」

張意還不明白摩魔火的話，突然見到伊恩的身子又劇烈顫動了一下，右脅處又有塊地方凹了下去。

伊恩流下的汗滴更多了，他將刀抱得更緊。

微弱的紅光自刀鞘和護手間溢出，在伊恩的臉前凝聚旋繞，再擴散流溢至他全身——

伊恩緊蹙的眉頭稍稍紓解，面容裡多了幾分輕鬆，甚至露出極淡的微笑。

「大嫂、大嫂……是妳！」摩魔火見了那紅光，哭著說：「求求妳，現在只有妳能幫得上老大了，妳一定要保護他將手煉成——」

摩魔火邊說，幾乎就要往伊恩的身上蹦，立時被一股銀流擋下，將他托回張意的腦袋上。

「長門小姐說，現在別碰伊恩老大。」神官這麼說：「『她』難得出來，讓她和伊恩老大獨處。」

長門托著三味線，靜靜正坐，輕輕彈弦，弦音初時緩慢，十幾秒才幾個音，過了三分多鐘，才漸漸加快。

張意倚著牆，仰頭望著隨著長門撥弦而溢出的銀流，在整間小套房中旋繞，像是山間流雲。

朦朧中看去，伊恩周身紅光猶如自雲間透出的落日餘暉。

長門的弦音悠遠淒美，有時像是山村小調，偶爾激昂時又有幾分滄桑悲壯，像是述說著一個漫長而哀傷的故事。

「師兄，剛剛你說的『大嫂』……是誰呀？」張意低聲問。

「大嫂當然是指老大的情人呀……」摩魔火回：「老大那把刀，叫作『七魂』，刀裡藏著七個大魔，其中一個，是老大的情人。」

「七魂……」張意呆愣愣地望著伊恩懷中那柄武士刀，只見刀鞘的銀色綴飾，隨著縈繞的紅光微微飄動。

「十幾年前，老大是靈能者協會全球除魔師中的第一把交椅。」摩魔火說：「還記得我之前和你說過，那時候四指發生內戰，新頭目鬥倒舊頭目這件事嗎？那時候四指新頭目剛上任，意氣風發，對靈能者協會的倫敦總部發動了一次恐怖攻擊。」

「以往協會跟四指之間儘管對立，但手段往往不會做絕，彼此間依靠著某些不成文的默契來避免戰火失控，例如我們不會向對方的無辜家人出手……」摩魔火緩緩地說：「但是那次倫敦大戰，四指打破了許多這類默契，他們用各式各樣的殘酷手段，一點一滴地削弱協會成員的意志，逐漸取得各種優勢，攻陷了本來被認爲絕不可能陷落的倫敦總部。」

「他們四處綁架協會除魔師的親友作爲威脅，其中包括老大的情人。」摩魔火身上的紅毛飄動，頭胸上那堆大眼睛、小眼睛直勾勾地望著伊恩周身的紅光。「在那段時間裡，他們對大嫂施下百種酷刑，將大嫂煉成凶魔。他們設計了一個陷阱，想要藉由大嫂作為誘餌，將老大誘來，讓大嫂和老大互相殘殺……」

「那眞是可怕的一夜……」摩魔火頓了頓，說：「老大獨自赴約，面對超過一百個守株待兔的四指惡棍，他們在老大面前用正常人類想像不到的方式凌虐大嫂，他們想一舉摧毀老大的心；然後，那些傢伙將化爲凶魔的大嫂當作武器、當作盾牌，圍攻老大一人。」

「從黑夜到天明，殺了一整個晚上……」摩魔火望著伊恩漆黑的軀體，見圍繞在他周身的紅光彷彿化爲一雙纖細的手，捧著伊恩的臉，輕輕拍撫呵護。

張意半閉著眼睛靜靜聆聽著，他隱約能夠感受到四周小小而嚴密的結界上，有著伊恩那沉穩堅毅的氣息，和淡淡幽深的哀傷。

「在太陽升起的時候，四指這批殺手，沒有一個人活著。」摩魔火說：「老大終於搶回了大嫂……」

「但那時候，大嫂完全喪失心智，在那段受擄的恐怖時光裡，加諸在她身上的痛苦，在四指邪術的作用下，全化爲她心中的戾氣，那時候的大嫂，比鬼還凶、比魔還暴戾……」

摩魔火繼續說。

「老大決定將大嫂和先前幾位受到同樣遭遇的戰友，封印進『七魂』裡。」摩魔火抬足指著伊恩緊抱在懷中的武士刀，說：「那是一個與協會親近的老鑄劍師，爲了替女兒報仇，花費許多年打造出的神刀。老鑄劍師動工鑄刀時，還是個中年人，鑄成七魂後，卻已老得揮不動刀了。他將七魂送給老大，老大替他報了仇——殺光四指在北海道的三個分支勢力。」

「倫敦大戰結束後，老大花了很長一段時間，帶著七魂周遊列國，尋訪各地的異能術士，試圖化盡大嫂和幾個戰友心中的戾氣。」摩魔火說：「那段旅程的艱辛超乎常人想像，老大無數次差點死在大嫂和老友手中——七魂上七個『魔居結界』，像是七個世外小花園，是供忠心侍從居住，而不是用來嚴防企圖殺害主人的魔物，大嫂和那些協會戰友，會在意想不到的情況下鑽出來要殺老大。老大在日夜不能安眠的情況下，一面躲避四指追殺復仇，一面提防七魂裡不時暴亂的大嫂和戰友反噬……」

「最後，老大來到一座高山，在一個隱士高人和幾個千歲大魔的協助下，終於讓大嫂和戰友們回復了部分心智……」摩魔火繼續說：「老大回到倫敦之後，召集了要好的夥伴，正式脫離協會，成立自己的組織。」

「我們的名字，叫作『晝之光』。」摩魔火說：「我們不再遵循協會那些繁文縟節、不再理會與各國政府約定的教條守則、不擇手段、不顧世人的一切眼光；我們的目的只有一個，就是殺光四指，讓四指從世上徹底消失。」

「……」張意感受到攀在他腦袋上的摩魔火身體微微發出的火焰熱力，他望著伊恩緊閉的雙眼，試圖幻想十幾年前那場倫敦大戰發生時的種種恐怖慘況，和伊恩帶著七魂雲遊四海的艱辛歷程。

「你說得對，摩魔火……」伊恩緩緩睜開眼睛，望著摩魔火，露出淡淡微笑。「跟那個時候的痛比起來，現在這些小傢伙，像是在對我搔癢一樣……」

伊恩說到這裡，緩緩伸出手，輕拂了拂周身那陣陣紅光。

紅光突然旋動，在伊恩面前化出一個半隱半現的半身長髮女人紅色光影。

張意的角度僅能看見那紅影女人幾乎被長髮遮蔽的側面，隱約見到她有高挺的鼻子和極長的睫毛。

女人淡淡笑著，往伊恩摟去，伊恩托著她的下巴，在她嘴上親了一下，溫柔地對她說出一串日文。

女人雖然笑著，但笑裡流露出悲愴的神情，點了點頭，回吻著伊恩，然後化爲縷縷瑩亮光絲，繞回七魂鞘裡。

「我想……」伊恩試著撐身站起，一直跪坐著的長門，連忙改動弦音，本來旋繞室內的銀流，立時凝聚至伊恩身邊，將他托起。

「乖，不過……」伊恩笑了笑，舒伸雙手、抬抬腿，說：「我還沒老到需要別人扶才站得起來的地步，別浪費這種力氣，準備一下，我們得離開了。」

「什麼？」摩魔火不解地問：「老大，你想走？」

「對。」伊恩點點頭。「這幾天我雖然時常睡著，但我感受得出外頭黑夢的力量持續增強，這個結界撐不了那麼久，計畫得變，我們得盡快離開黑夢——趁我還有力氣的時候。」

「現在就走？」張意問，一面急急地收拾起行李。

「得做些準備。」伊恩搖搖頭，指了指身邊那幾個已開封的魄質大罈，和另幾個未開封的大罈。「這些好東西是你們用生命拿下的，留著太可惜，得想辦法帶走。」

伊恩說到這裡，望著張意說：「老弟，又到了你表現的時候了，我眞是慶幸碰到你

這天才。」

「什麼?」張意本還聽不明白伊恩的意思，但見他蹲在大罈前敲敲摸摸，陡然明白伊恩是希望借助自己的力量，將八罈魄質濃縮成一罈，方便攜帶。

「老大，這些罈子裝得下這麼多魄質?」張意來到伊恩身邊，也伸手摸了摸那些大罈。

「聰明，知道我在想什麼。」伊恩哈哈大笑，用指輕扣著大罈罈身，說:「這些罈子是以年度稅收來作單位區隔，罈子的實際容量，應該比裡頭的魄質大上許多，否則要是不小心撐破了豈不可惜;現在加上你的力量，把八個半滿罈子裡的東西，塞進一罈裡，應該不難才對。」

在伊恩的指揮下，長門和張意將八個大罈集中在一塊。伊恩將未開封的大罈都鋸出細縫，吩咐長門往縫裡插入新符紙，且在符紙前端捲上棉線，再將八條棉線捏在一塊打了個結，使之彼此相連。

張意盤坐著，環抱其中一個大罈，捏著符紙、按著縫口，集中精神，深呼吸數次。

伊恩低聲唸起咒語，拍了拍另外七個罈子。只見符紙緩緩發出瑩亮光芒，那魄質漿汁被符紙引出大罈，流向棉線，聚往張意抱著的那口大罈中。

「這種速度還行嗎？」伊恩見張意呆愣愣地面無表情。「覺得撐不住要講，要是弄破了可不行。」

「咦？」張意聽到了伊恩的聲音，睜開眼睛，見眼前七條棉線上那盈盈亮亮的魄質正往他懷中的大罈流來。「已經開始了嗎？」

「我覺得裡面很空。」張意對著伊恩說：「應該可以裝下不少。」

「好。」伊恩點點頭，伸手點了點七口大罈。

七口大罈溢出的魄質漿汁瞬間暴漲許多，那瑩亮線流本來僅比棉線粗些，此時化爲手指粗細，再變成孩童胳臂粗細。

「嗯、嗯嗯。」張意這才感到懷中大罈中的能量開始聚集。他抱著罈身，一手捏著符紙根處、一手在罈身上拍拍摸摸，像是在不停地強化罈壁內部的支撐力。前幾天，他便是這麼在一只瓶子裡裝入整桶水，但他對此時七條孩童胳臂粗細的魄質流速感到有些不耐煩，覺得這難度甚至比不上前幾天用醬料瓶子往玻璃瓶裡擠水，他喃喃地說：「再來、再來，還可以更快點……」

「很好。」伊恩笑了笑，伸手在七口大罈上一揮，讓孩童胳臂粗細的魄質光流，加速成常人小腿粗，再變成大腿粗。

「哇，師弟，你別逞強！」摩魔火見此時七條魄質光流，衝得猶如七根消防水柱般，轟隆隆地往張意懷中的大罈衝來。聚在他身前的魄質光團，幾乎將他抱著的罈子都埋住了，摩魔火忍不住嚷嚷提醒。「要是弄壞罈子，就白費工夫了！」

「摩魔火，別吵他。」伊恩說：「讓他去感受這個過程。」

張意睜大眼睛，眼前瑩亮一片，他像是什麼也聽不見，只覺得自己手上身上都暖暖發脹著，懷中的大罈也微微顫動著。他覺得自己和大罈像是融合成了一體，那些流入大罈的魄質光團，更像是流進了他身體裡，他覺得自己仍然很餓，還能吃下更多——

更多……

更多……

不知過了多久，張意突然意識到眼前暗了下來。

他回過神來，雙手突然抱了個空，身子歪向一邊，僵硬地滾倒在地上。

「咦？」張意癱在地上，覺得全身僵硬痠麻，才要掙扎，便感到脅下銀亮一片，一股銀流將他托了起來。

長門托著三味線，身邊堆著簡單行李，像是早已等待張意許久；伊恩則抱著七魂，盤坐在門邊，聽了張意的聲音，才睜開眼睛。「醒了？」

「老、老大……怎麼回事？罈子呢？我……我睡著了嗎？我……」張意搖頭晃腦地尋找罈子，還以爲自個兒打起瞌睡砸破了罈子，轉頭見那罈子便擺在小木桌上，桌邊還伏著隻疲累的紅蜘蛛，是摩魔火。

「長門小姐要你別慌。」神官開口：「你做得很好，你只花了不到四小時，就完成了這工作，只是之後睡了三個小時。伊恩老大要我們別打擾你，讓你的身體自然恢復。你的身體會有些僵硬，那是因爲你維持同樣的姿勢太久，別害怕，一下就恢復了。」

長門快速地撥彈戒弦，像是個保健室老師安撫小朋友般，透過神官向張意說明這幾個鐘頭內發生的事——伊恩儘管加速引流那魄質漿液，但每口罈子裡裝的可都是華西夜市的全年度稅收。足足流了四個小時，才將七罈魄質全集中到了張意懷中的大罈裡。

摩魔火則拆了張意先前購入的組合小桌，配合多餘的衣物、雜物瓶罐，造了個像是電影裡古代書生揹在背後的行李揹架，再吐出蛛絲強化揹架各處結構，用來裝這大罈。

此時大罈上那縫口連著數條棉線，線端都捲著銀針，插在固定在揹架旁的一只小瓶裡，讓伊恩和長門隨時都能透過符法引流出罈內魄質，猶如一座移動能量水庫。

張意休息半晌，吃了一枚長門遞給他的魄質包子，覺得力氣恢復了些，站起身，揹起摩魔火造出的行李揹架，只覺得儘管沉重，卻也只是大罈加上揹架本身的重量，裡頭那華西夜市的八年稅收，倒是一點也未成爲實體重量。

三人加上摩魔火，準備齊全後來到小門邊。伊恩吸了口氣，在門上輕點了點。

門開了。

只見門板的另一面怵目驚心，上頭滿是砍痕，甚至插著刃物、小斧，血跡斑斑。甬道內依舊昏暗，好幾扇小門都給破壞，有些室內躺著死屍、有些死屍橫伏在甬道裡。

張意這才知道，數日內的靜僻無聲，並非外頭全無動靜，而是伊恩自內造出的防禦結界，強大得阻隔了外界的一切紛擾。

此時的四周慘況，顯示這鬍野出租公寓也受到黑夢影響，房客暴動廝殺、屍橫四處，他們這小房由於有著結界保護，僅門板外側有些破損。

由於已經踏出防禦結界，三人不敢大意，伊恩在自己、長門和張意身上，都施下幾道防禦法術，以抵擋黑夢那蝕心奪魄的奇異力量。

「哼哼，熟悉的臭味道……」伊恩曾經受困黑夢許多天，他的力量足以抵抗黑夢，他對裡頭那股令人心神喪失的氣息十分熟稔。

伊恩走在最前頭，左手提著七魂，右手像是完全不能動彈般地直直垂著，肩上鬼噬傷處由於插著滿聚魄質的符紙食糧，裡頭的惡鬼倒也安靜無聲，只有偶爾會像是發覺伊恩的肉體比魄質更加好吃般地咬上幾口。

三人來到甬道盡頭，攀上鐵梯、推開地洞鐵板，來到這結界公寓梯間。

這公寓結界位於華西夜市的建築牆上，和俱樂部一樣是結界中的結界。這公寓樓上數戶本來都是房東鬚野的財產，但全輸給了來來發大賭場的老貓發爺，鬚野便在地底挖了個坑，繼續經營租屋。此時公寓結界梯間除了稍稍老舊些外，倒也沒有其他異樣。

伊恩來到公寓鐵門邊想要推門，但有些遲疑地佇在門邊半晌。這公寓鐵門推開之後，便是外頭華西夜市的防火巷——若白天出去，便是常世市街；若晚上出去，則是止戰區結界裡——這自然是正常時期，但此時黑夢已籠罩整個華西夜市，外界變化如何，伊恩可一無所知。

他沒有推門，而是往旁邊挪移兩步，從鐵門旁的那些信箱，撥開投信小口往外瞧，只見外頭防火巷壁面奇異管線叢生，那黑夢特有的迫人氣味更加濃厚。

「我們往上走。」他轉身指指樓上，帶著長門和張意往樓上走去。

這公寓結界沒有一樓，上樓便只有二、三樓共四戶。過去鬚野經營套房時，將四戶住宅內部隔成許多小房，鬚野自住其中的一間大房。

此時二樓的模樣與過去差異不大，梯間左右各有一扇鐵門，是尋常對戶公寓模樣。

循著通往三樓的樓梯上去，則出現與過去鬚野出租公寓截然不同的面貌——本來的對戶人家設計，變成了一條往兩端延伸的暗廊，長廊壁面上有一扇扇門和小窗，每一段壁面和門窗的樣式差異不小、參差古怪，像是將數十種不同的樓房內部設計剪貼成一段長廊那般。

閃爍昏暗的燈光、詭異的霉味、飄盪在暗光下的塵埃，和爬伏於牆面上的怪異管線，再加上一陣陣類似油壓機械器具的運作聲響，倒是讓這怪異突兀的剪貼廊道，覆上一層濃厚的妖異氛圍。

「這裡已經和黑夢銜接上了……」伊恩低聲說，帶著長門和張意小心翼翼地繼續深入長廊。「如果我們沒有離開，這些建築會一直『長』進地洞裡。」

「老大，爲什麼不往外走？要往裡面走？」張意不解。

「外面有士兵。」摩魔火替伊恩回答。「黑夢很大，黑摩組那些傢伙無法掌握黑夢裡的一切動靜，他們派出奇怪的士兵在街上巡邏，作爲他們的眼線，當時老大跟我受困在核心地帶，大部分時間都盡量往建築物裡頭躲，很多建築深處的模樣，連黑摩組自己都不知道。」

「黑夢像是將人的意識扭曲後的產物……」伊恩說：「這些房子、門窗、各種東西，都像是回憶和夢境。」

「人的意識？」張意不解地問：「是誰的意識？」

「黑夢範圍裡的所有人。」伊恩答：「黑夢吸取範圍內活人和各種生靈的魄質作爲能量來源，讓黑摩組能夠隨心設計核心地帶裡的各種空間『長成』什麼樣子，而那些他們沒有特別花心思設計的地方，便任其自由生長，而這些地方的模樣，就是所有人的意識拼湊出來的樣子，不過……」

伊恩說到這裡，停下腳步，回頭望著張意和長門：「我發現一個有趣的地方，那就是影響這些建築的意識、留在這裡的夢境和回憶，大都『不太好』……你們得記住這一點。」

「不太好？」張意呆了呆，問：「什麼意思？」

「例如……」伊恩伸手，推開一扇鐵門。

一陣焦風撲面而出，室內漆黑焦臭，猶如剛被撲滅的火場，傳出極細微的哀鳴呻吟。

「這只是我的猜測……」伊恩說：「或許黑摩組那幾個傢伙，將那些好、快樂的回憶、夢境，都拿來搭建自己的皇宮了，而留給這些作為征戰武器、外圍建築的能量，都是悲傷、醜惡的。」

「對啊。」摩魔火補充說：「我們受困在黑夢時，見過的大部分房間，裡頭看起來大都是陰暗的、恐怖的、醜陋的……甚至像是凶案現場、自殺現場，或是病危等死的地方……總之氣氛都很糟。師弟，你應該沒有憂鬱症吧，你得做好心理準備。」

「……」張意瞪大眼睛，這才明白「黑夢」，便是指這些由許多人的負面情緒、回憶和夢境，建構成的巨大世界——一個黑暗的世界。

「你們……進來我家幹嘛？」一個沙啞的聲音，自三人背後傳出。

一個古怪的身影，自一扇門推出。

是那大地鼠房東鬚野。

鬚野此時的模樣看起來古怪恐怖，他一身大廚袍子，袍子上滿是血跡，像是做菜做到一半。

他右手拿著一把菜刀，左手提著一顆腦袋，是他其中一個房客的腦袋。

「你們……有付房租嗎？」鬚野歪著頭，一步步往三人走來。「還是……又要……來搶我的房子？」

「不……不不。」張意連連搖手。「我們有付房租，你忘了嗎？房東先生……」

「我的房租……很貴。」鬚野舉起菜刀，緩緩走向張意。「一間房，一晚上，一隻手；第二晚，再一隻手；然後……左腳、右腳、眼睛、鼻子、腦袋……你們，要住幾晚？」

「什麼？都切給你那還住個屁？」張意連連後退，他見鬚野的殺氣越來越重，連忙拔腿就要跑。

「阿意啊。」伊恩伸手拉住跑過他身邊的張意，說：「再教你一件重要的事。」

「在黑夢裡，碰上這種傢伙，如果他不是你的夥伴、不是你想救的人——」伊恩苦笑著，將七魂往腰間一靠，鞘上的銀色繩結立時捲住他的腰部。

「哦，你帶武器？你們想搶我的房子！」鬚野憤然吼叫，他的雙眼淌下鮮血，抛下手中那頭顱，舉著菜刀往伊恩凶猛衝去。

「那你只有一種解決方式。」伊恩以左手緩緩地抽出七魂。

七魂刀刃上閃耀起一陣一陣紅光。

那是血的顏色。

是住在刀裡的她的顏色。

日落後長篇02　完

下集預告

以人們恐懼、悲傷、痛苦作為能量的黑夢，
吞食了華西夜市之後，進一步急速成長。

鬼噬百鬼逐漸吃去伊恩的肉體和心靈，
張意和長門必須依靠自己的力量，
在似無邊際的黑夢中尋找一條出路。

日落後 / 星子著. -- 初版. -- 臺北市 : 蓋亞文化, 2015.04-
冊； 公分. --（悅讀館）

ISBN 978-986-319-144-5(第2冊 : 平裝)

857.7 104000443

悅讀館 RE296

日落後 長篇 02

作者／星子（teensy）
插畫／BARZ
封面設計／克里斯
出版／蓋亞文化有限公司
地址◎台北市103赤峰街41巷7號1樓
電話◎（02）25585438 傳真◎（02）25585439
網址◎http://gaeabooks.pixnet.net/blog
粉絲團◎https://www.facebook.com/Gaeabooks
電子信箱◎gaea@gaeabooks.com.tw
投稿信箱◎editor@gaeabooks.com.tw
郵撥帳號◎19769541 戶名：蓋亞文化有限公司
法律顧問／義正國際法律事務所
總經銷／聯合發行股份有限公司
地址◎新北市新店區寶橋路二三五巷六弄六號二樓
電話◎（02）29178022 傳真◎（02）29156275
港澳地區／一代匯集
電話◎（852）27838102 傳真◎（852）23960050
地址◎九龍旺角塘尾道64號龍駒企業大廈10樓B&D室
初版一刷／2015年04月
特價／新台幣 169 元
Printed in Taiwan

GAEA
ISBN／978-986-319-144-5

Gaea

Gaea

GAEA

Gaea